KB058920

Hibariyu
히바리유 지음
illust 시소

5

전학 간 학교의
청순가련한 미소녀가
옛날에 남자 라고 생각해서 같이 놀던
소꿉친구였던 일

"오빠 취향,
신경 쓰여요!"

"있잖아, 하야토는
어떤 의상이 취향이야?"

Contents

illustration by 시소   design by **무카데야 유우코+토요타 치카(무시카고 그래픽스)**

같은 학교의 청순가련한 미소녀가 옛날에 남자라고 착각해서 같이 놀던 소꿉친구였던 일

5

히바리 유 지음

말에는 마치 마법 같은 힘이 있다.

아이리가 그 사실을 깨달은 것은 중학교 2학년 봄, 체육 대회 우승이 걸린 여자 400미터 계주 때.

『그렇게, 얼굴을 들고 가슴을 펴는 게 더 멋져.』

『어?! 어, 아…….』

처음에는 그가 무슨 말을 하는지 알 수 없었다.

그도 그럴 것이 지금 눈앞에서 소란스러운 것은, 4등에서 단숨에 선두로 추월해서 승리에 결정적인 공헌을 한 마지막 주자 여학생.

반대로 아이리는 계주 두 번째 주자. 순위를 유지해서 승리에 공헌했다는 자부심은 있지만 딱히 활약한 것도 아니었다.

그리고 그는 아이리만이 아니라 다른 두 사람에게도 치하의 말을 건네었다.

분명 그렇게 세세한 곳까지 주의를 기울이는 사람일 것이다.

아이리에게만 특별한 것이 아니다.

하지만 아이리는 그런 식으로 누군가에게 칭찬을 받은 것은 처음이라, 그래서 그 말이 두근두근 아플 정도로 심장에

경종을 울린 것이었다.

　정신이 들자 그를 눈으로 좇게 되었다.

　카이도 카즈키.

　교내에서도 남매 모두 유명한 남자아이.

　늘씬하니 큰 키에, 상쾌한 미소를 짓는 단정한 얼굴.

　매무새에도 항상 신경을 써서 청결한 느낌이 넘쳐났다.

　항상 누군가의 이야기 중심에 있으면서 말을 잘 들어준다. 남녀불문하고 상담을 청하는 사람도 많다.

　청소라든지 이벤트에서도 쓰레기 담당이라든지 위원이라든지, 모두가 귀찮아하는 일을 부탁해도 싫은 얼굴도 않고 받아들인다.

　준비물을 깜박했다면 아무렇지도 않게 빌려주고, 헤어스타일을 바꾸거나 새로운 물건을 가져오면 잘 알아차리고 칭찬해준다.

　상대가 아싸이든 뚱보 오타쿠 남자든, 인싸 갸루든.

　물론 아이리에게도. 태도를 바꾸지 않고 차별 없이.

　그런, 외면이 착한 녀석이었다.

　그리고, 바보라고 생각했다.

　그렇겠지, 확실히 고스펙인 게 다가 아니라 여러모로 배려도 할 줄 안다면, 인기가 있을 것이다.

　실제로 착각하는 여자도 많다.

　멋대로 배신당했다고 믿는 여자도.

당연히 무언가의 이유로 질투하는 남자도.

『카이도 너무 나대는 거 아니냐?』

『얼굴 좀 괜찮고 예쁜 누님이 있다고 말이지.』

『별별 여자들한테 다 말을 걸고 다니네. 절조라는 게 없나? 오늘도 다른 애한테…… 뭐야, 저거?』

『폼 잡고 싶은 건 알겠지만, 저건 너무하잖아?』

『돼지들한테도 말을 거는, 점수를 따겠다는 열정은 인정 좀 해줘라. 푸하하.』

그것 봐. 조금 떨어진 곳에서 귀를 기울이면, 아니나 다를까 이런 목소리가 넘친다.

유명세? 자업자득?

어쨌든 아이리와는 다른 세계의 사람 이야기. 관계없는 일.

그렇다, 평소처럼 고개를 숙이고 그저 흘려들으면 된다.

하지만 어째선지, 무책임하게 그를 나쁘게 말하는 것이 마음에 안 들었다.

──그렇게, 얼굴을 들고 가슴을 펴는 게 더 멋져.

문득 그의 말을 떠올렸다.

도저히 다른 마음이 있는 눈동자로는 여겨지지 않았다.

게다가 계속 그를 보고 있었지만, 결코 누군가를 속이거나 폄하하려 한 적은 없다.

틀림없이.

그때의 그 말도 그의 본심에서 나온 것이리라.

그는 그저 서투르고 바보일 뿐이다.

멋대로 질투하고 시기하는 게 다인 녀석들보다 훨씬 호감이 간다. 그런데도 어째서 이런 녀석들한테 얕보여야만 하는 거지?

어느샌가 가슴속에 답답한 것이 쌓여 있었다.

스스로도 바보 같은 일이라고 생각했다.

그럼에도 그의 말에 거짓은 없다는 것을 증명하고 싶어서.

틀림없이 그때는, 진즉에 그에게 **마법**이 걸린 상태였던 것이다.

그래서 아이리는 얼굴을 들고 가슴을 펴고, 그때까지 아무런 교류도 없이 첫 대면이던 모모카를 찾아가서는, 놀라는 그녀의 눈을 똑바로 바라보고 마법의 말을 자아냈다.

『저, 자신을 바꾸고 싶어요! 도와주세요!』

지금으로부터 딱 2년 전.

아직 덥던, 여름방학이 막 끝난 어느 날.

그 말을 계기로 아이리를 둘러싼 환경이 일변했다.

도시로 찾아온 사키

초가을의 하늘은 도시에서도 여름의 몫을 한 장 팔락 넘긴 것처럼 높고, 푸르다.

이른 아침, 거리는 아직 반쯤 꿈속에 있음에도 불구하고 간선 도로에서는 트럭이 바쁘게 조금 서늘한 공기를 가르고 있었다.

그곳에서 주택가로 들어간 곳에 있는 신축 5층 건물의 1인 가구용 아파트, 그중 한 방. 차광 커튼이 쳐진 어스름한 방에서 알람 소리가 울렸다.

"응, 으응………… 으응?!"

사키는 이불에서 나른하게 손을 뻗어 스마트폰을 붙잡고, 화면을 확인하고, 펄쩍 일어났다.

"이, 일곱 시 반이 넘었어?! 잠깐만, 엄마 왜———…… 아니, 어…….."

맥 빠진 목소리가 휭하게 물건이 적은 방으로 빨려 들어갔다.

츠키노세라면 지각 확정인 시간이지만 도시의 중학교에서는 여유롭게 등교가 가능한 시간이었다.

눈을 끔벅거리며, 아직 몇 개는 풀어놓지 않은 골판지 상자가 놓여 있는 방을 둘러보았다. 최소한의 가구밖에 없는 자기 방. 사키는 툭하니 중얼거렸다.

"이사, 왔지……."

사키가 자취를 시작하고 일주일 남짓.

문이나 창문을 제대로 잠그지 않는 츠키노세와 달리 방음까지 제대로 되어 있는 방범 만전인 도시의 1SLDK* 아파트는, 밖에서 아침을 알리는 새나 짐승의 울음소리도 들리지 않고 조용해서 조금 쓸쓸했다. 특히 이사 직전까지 툭하면 야옹 울고, 연일 이불로 파고들던 새끼고양이 츠쿠시가 없으니까 더더욱.

신학기에 맞춰 전학을 마쳤지만 아직 도시 생활에 익숙해지기는 먼 듯했다.

쓸쓸함이나 츠키노세에 대한 그리움은 있지만, 도시로 가기를 바란 것은 사키 본인이다.

"좋아!"

가슴 앞으로 꼬옥, 주먹을 만들어 기합을 넣고 일어섰다.

아직 시간에 여유가 있다고는 해도 모든 준비를 혼자서 하자니 이래저래 할 일이 많았다. 느긋이 있을 수는 없었다.

옆의 부엌으로 가서 냉장고에서 꺼낸 프루트 그래놀라에 우유를 부어 아침 식사를 재빨리 마치고, 스마트폰으로 요일을 확인하고는 타는 쓰레기를 모으고, 교복으로 갈아입은 뒤 전신거울 앞에 섰다.

―――――――

*거실, 식사공간, 부엌에 서비스룸(채광이 좋지 않아 제대로 된 방으로는 쓰기 힘든 공간)이 추가된 일본의 주거 형태.

새로운 세일러복은 츠키노세의 촌스러운 점퍼스커트와는 다르게 세세한 부분에 화사한 장식이 있는 디자인으로, 귀여워서 많은 것들이 신경 쓰였다.

맞지 않는 옷을 입은 느낌 아닐까?

친구 히메코가 시키는 대로 길이를 줄여 익숙하지 않은 치맛자락은 경박해 보이지 않을까?

한순간 불안으로 표정이 흐려졌지만, 갑자기 하야토와 하루키의 얼굴이 뇌리를 스쳤다.

그 두 사람이 걱정스럽게 자신을 볼 거라 생각하니, 이런 표정으로 있을 수는 없었다.

"다녀오겠습니다!"

사키는 미소를 짓고서 방을 뒤로했다.

아파트 쓰레기장에 타는 쓰레기를 내놓고 약속 장소로 걸음을 옮겼다.

입구에서 스쳐 지나가는 사람도 길을 가는 사람도 모두가 인사를 나누지도 않고, 그저 무관심하게 사키는 시야에 비치지도 않는 것처럼 지나갔다.

많은 오토바이나 자전거가 차례차례 역을 향해 흘러갔다. 츠키노세와는 비교도 안 될 만큼 많은 사람이 있음에도 불구하고, 마치 사람 없는 황야를 걷고 있다는 착각을 느끼고 말았다.

아직 여름의 열기가 짙게 남은 태양이 찌릿찌릿 사키의

색소 옅은 피부를 태웠다.

츠키노세보다 훨씬 후텁지근한 더위에 "후우" 하고 한숨을 내쉬며 이마에 맺힌 땀을 훔치자, 이쪽을 향해 손을 흔드는 하루키의 모습이 보였다.

"여—, 사키—!"

"하루키 씨!"

사키는 환하게 미소를 꽃피우며 하루키에게 달려갔다. 주위를 둘러봐도 달리 아무도 없이 혼자인 듯했다.

하루키는 달려온 사키를, 턱에 손을 대고서 "호오호오"라며 입을 ω 모양으로 만들고 조금 히죽대는 눈빛으로 감정했다.

"으음."

"어라, 히메랑 오빠는 아직——."

"이렇게 보니 세일러복은 느낌이 확 온다고 해야 되나, 좋네!"

"하루키, 씨……?"

"아직 천진난만한 얼굴에 늘씬한 팔다리, 조금 촌스럽게 느껴지는 땋은 머리조차 오히려 청순, 무구, 가련……. 피부가 하얘서 더 그런가, 나만의 색깔로 물들여 버리고 싶어져."

"저, 저기……."

어딘가 흥분한 기색인 하루키가 흐흥, 거친 콧김으로 바싹 다가왔다.

단정한 그녀의 얼굴이 다가오자 문득 전날 츠키노세에서 장난에 휘둘리던 것이 떠오르고, 참지 못하고 뺨을 물들이며 뒷걸음질 쳤다. 하지만 하루키가 놓치지 않겠노라 사키의 턱에 손을 대고는 꾹 올리며 목을 꿀꺽 울리자, 사키도 그에 이끌려 마른침을 삼켰다.

"정말―, 하루도 참 뭐 하는 거야!"

"아얏?!"

"야, 하루키. 성희롱 좀 그만해."

"히메! 오빠!"

목소리가 들린 방향으로 고개를 돌리자 어이없어하는 키리시마 남매가 있었다. 아무래도 히메코가 하루키에게 딴죽을 걸었나 보다.

히메코가 보란 듯이 주위로 시선을 향하고 사키가 따라 하자, 이쪽을 보던 통행인들이 차례차례 눈길을 피했다.

아무래도 무척 눈에 띄었나 보다. 이번에는 수치심으로 얼굴을 붉게 물들였다. 하루키는 데헷, 혀끝을 살짝 내밀었다.

마음을 다잡고, 넷이 함께 잡담을 나누며 통학로를 걸었다.

"아니― 나도 있지, 내가 입고 있었을 때는 아무런 생각도 없었는데, 이렇게 다시 봤더니 세일러복은 뭔가 좋단 말이지."

"뭐, 확실히 특별한 느낌은 있네. 입을 수 있는 건 학생 때뿐이니까."

"사실은 저도, 살짝 동경했어요."

그러면서 사키는 빙글 자신의 모습을 둘러봤다. 둥실 옷자락과 치마가 춤을 췄다.

"응응, 다음에 나도 집에서 꺼내올까…… 저기, 하야토는 어떻게 생각해?"

"뭘 어떻게……."

갑자기 이야기가 자신에게 돌아오자 하야토는 조금 곤란하다는 표정을 지었다.

하루키, 사키, 히메코에게 시선을 향하고, 그리고 벅벅 머리를 긁었다.

"……교복에 대해 그런 생각을 한 적도 없어서, 잘 모르겠어. 딱히 고집도 없었고."

"뭐어?! 교복이 귀여운지 어떤지로 지망할 학교를 정하는 사람도 많은데?!"

"어차피 남자는 어디든 큰 차이도 없잖아, 그보다도 하루키가 그런 걸 신경 썼다니 놀랐어."

"데헷."

"야."

"무슨 소리야 오빠, 화려한 곳은 남자 것도 엄청 좋거든!"

"아, 연예인 같은 사람이 많이 다닌다는 유명한 학교가 있었!! 거긴 여자만이 아니라 남자도 화려하단 말이지."

"그렇지그렇지."

"""그치―!"""

그런 수다로 꽃을 피웠다.

흙이 훤히 드러난 두렁길이 아니라 아스팔트가 깔린 주택가의 생활 도로.

산에서 불어 드는 바람이 아니라 건물의 배기 덕트에서 뿜어 나오는 바람.

근처의 산에서 마음껏 자란 나무들이 아니라 의도적으로 심어놓은 가로수.

시골과 도시.

눈에 비치는 풍경은 이제까지와 전혀 달랐다.

그리고 이렇게 소꿉친구 넷, 어깨를 나란히 하고 있는 광경도.

이윽고 각자의 학교로 이어지는 갈림길에 다다랐다.

"그럼, 우리는 이쪽이니까."

"나중에 또 봐. 사키, 히메."

"예, 그럼."

"우리도 가자, 사키."

사키는 고등학교로 향하는 하야토와 하루키의 뒷모습을 조금 부럽다는 눈빛으로 배웅했다.

나란히 걷는 숫자가 줄어들어 가슴에 구멍이 뻥 뚫린 것 같은 부족함을 느끼는데도, 옆을 걷는 히메코는 이상하게 기분이 좋았다. 그런 히메코와 눈이 마주치자 히메코는 수줍어하며 속마음을 흘렸다.

"나 있지, 사키가 갑자기 이사를 와서 놀랐지만, 역시 또

같이 다닐 수 있게 되어서 기뻐."

"……아."

히메코도 혼자서 통학하며 쓸쓸했던 거구나.

이제까지 계속 함께였으니까.

그리고 우리는 누가 먼저라고 할 것도 없이 수줍어하면서도 손을 잡고, 학교로 향했다.

"……하아."

교문 앞에 멈춰 선 사키는, 한숨과 함께 학교 건물을 올려다봤다.

"왜 그래, 사키?"

"응~, 새삼 도시는 굉장하구나, 싶어서."

히메코는 "아—"라고, 그저 쓴웃음을 흘렸다.

츠키노세의 초등학교도 같이 사용하는 이상하게 옆으로 긴 목조 2층 건물과 달리 도시의 중학교는 무척 화려하고 입체적인 디자인이라, 전학을 오고 며칠이 지났지만 아직도 압도되고 만다.

실내화로 갈아 신는 현관, 교실까지 이어지는 복도, 연락 통로의 복도 창문에서 보이는 운동장.

도처에 축제 이상으로 많은 숫자의 또래 모습이 시야에 비치고, 마치 다른 세계로 흘러들고 만 것처럼 현실감이 부족했다.

"안녕—!"

"아, 안녕."

3-4 교실로 들어가서 인사하자, 토리가이 호노카를 비롯한 여자들이 다가와 두 사람을 둘러쌌다. 전학 첫날, 히메코가 소개해준 도시에서의 친구들이었다.

"안녕―, 히메랑 사키."

"있지있지, 어제 나온 수학 숙제 해왔어?"

"어쩐지 방학숙제로 내는 걸 깜박했다면서 엄청 많았는데요!"

"그래그래, 뒤쪽까지 빼곡했잖아!"

"어, 뒤쪽에도 있었어?! 나 앞쪽만 했는데!"

"키리시마…….""히메코…….""아―아―…….""아하하……."

숙제 이야기에서 그만 깜박했다는 사실이 드러나서 소란스러운 히메코. 항상 있는 일이라는 듯 뜨뜻미지근한 시선을 보내는 호노카랑 친구들.

"그러고 보니 무라오는 했어?"

"간단했어? 고생했어? 저쪽이랑 진도 차이 같은 건 어떤 느낌이야?"

"우리는 수험생이니까, 진도 빠른 곳이라면 벌써 교과서 범위 전부 끝냈을 거라 들었는데."

"학원에서 선행 학습하는 애들도 그렇겠지―."

"저, 저기 나…….."

갑자기 자신에게 화제가 돌아오자 움찔 어깨를 떨었다.

사고가 새하얘지고 시선이 헤맸다. 이제까지 또래가, 그것도 같은 반 아이들이 잇따라 말을 건넨 적이 없었기에 어떻게 반응해야 할지를 몰랐다.

그런 사키의 무어라 형용할 수 없는 반응에 그녀들도 곤란하다는 표정을 지었다. 문득 주위에 숙제를 베끼게 해달라고 부탁하는 히메코의 뒷모습이 사키의 시야에 들어왔다. 생각해보면 츠키노세에서 하야토와 만났을 때도 히메코 뒤에 항상 숨어 있기만 했다.

여기서 아무 말도 못 하고만 있으면 이제까지와 전혀 다를 바가 없다.

배에 힘을 꽉 주고 등줄기를 쫙 펴고, 이야기를 처음부터 다시 시작하듯 어흠 헛기침을 한 번.

"미안해, 나, 양 말고는 누군가에게 둘러싸여서 이렇게 이야길 한 적이 없었으니까 깜짝 놀라는 바람에~."

"""……풉."""

사키의 우스운 말 덕분에, 싸한 분위기가 순식간에 웃음으로 날아갔다.

"웃겨라─, 그보다도 양이 있어?!"

"응응, 집에 가는 길에 탈출한 아이를 데리고 간 적도 있어~."

"돌아다니기도 하는구나?!"

"그럼, 족제비나 너구리도 엄청 본다고~?"

"진짜?! 진짜 시골이잖아!"

"아하하, 그래～. 논만 가득해서 옆집까지 도보로 10분 이상 걸리고, 가장 가까운 편의점까지 산을 넘어서 차로 30분은 걸리니까～."

"으하, 굉장해! 그거 말고도 뭐 없어?"

"으음, 편의점 주차장이 활주로처럼 넓다든지～?"

"뭐야, 엄청 신기한데요!"

"맞다맞다, 버스나 전철이 하루에 몇 대밖에 없다는 게 정말이야?!"

"채소 무인 판매소가 정말로 있어?!"

"스마트폰 전파가 안 닿는 곳이 많다는데 진짜?!"

"키리시마, 그런 쪽 이야기는 좀처럼 안 해주니까 말이야—."

"와와와?!"

즐겁게 이야기하는 웃음소리에 이끌려, 멀리서 보고 있던 다른 여자들도 타이밍 좋게 대화에 섞여들었다. 아무래도 그녀들도 전학생에게 흥미진진한 듯했지만, 역시나 일제히 이야기가 날아드니 머리가 펑 터져버릴 것만 같았다.

이래서는 어렵겠다고 히메코에게 도움을 바라듯 시선을 향하자, "히메코네 시골에서는 있지～." "나나나나난 시골 아니니까!"라며 어딘가 공허한 대화 끝에 모두에게 놀림을 당하고 있었다. 마치 마스코트를 가지고 노는 것 같았다.

그것이 어쩐지 우스워서 그만 아하하 소리 높여 웃자, 주위에서도 웃음이 번졌다.

딩―동―댕―동― 종소리가 울리며 점심시간을 알렸다. 고교 수험을 앞두고 어딘가 찌릿찌릿한 교실도 이때만큼은 긴장의 실이 느슨해진다.

지망 학교인 하야토랑 하루키가 다니는 고등학교는, 이 부근에서는 1등 진학교이기도 해서 인기도 높았다.

현재 사키의 학력으로는 합격률 대략 50퍼센트 아래 정도일까.

결코 손이 닿지 않는 수준은 아니지만 낙관할 수도 없다. 그래서 수업에도 열심인 것. 하지만 점심시간만큼은 마음을 풀고, 꾸―욱 기지개를 켰다.

"으응, 후우~."

갑자기 소란스러워진 주변에는 얼른 도시락을 배에 넣는 사람들, 점심은 어떻게 할 건지 모인 사람들이 있었다. 서둘러서 교실을 뛰쳐나가느라 흐트러진 책상도 시야에 들어왔다. 도시의 중학교는 수업에서 점심시간으로 전환하는 것도 빨랐다.

사키는 그런 모습을 멍하니 바라보며 교재를 정리했다. 그럼 점심은 어떻게 하지, 히메코는―― 거기까지 생각한 참에, 문득 눈앞으로 그림자가 드리웠다.

"여, 무라오."

"어? 아, 예……?"

고개를 들자 반에서도 중심에 있는 남자가 있었다. 싱긋 손을 들며 얼굴을 불쑥 가져다 댔기에, 놀란 사키는 무심코 몸을 뒤로 젖히며 움찔 어깨를 떨었다.

짧게 자른 상쾌한 머리가 인상적이고, 청결한 느낌이 가득하며 이래저래 멋에도 신경 쓰는 세련된 느낌의 그는, 츠키노세에서는 일단 볼 수 없었던 타입이다. 아직 어린 느낌이 다소 남아 있지만 상당한 미남이었다.

사실 언뜻 들은 바로는 반 여자들 사이에서 인기도 높다지만, 애석하게도 사키는 아직 그와 이제까지 대화한 적이 없었다. 이름도 바로 나오지 않았다.

그래서 왜 말을 건넸는지 알 수가 없어서, 묘하게 긴장해서 얼굴도 굳어버렸다.

"방과 후에 있지, 같이 노래방이나 어디 안 갈래?"

"저, 저기—……?"

"아, 물론 나만 가는 게 아니라, 같이 가고 싶다는 애들도 더 있어."

그러면서 그가 뒤로 시선을 향하니 한 덩어리 그룹이 된 남자들의 모습이.

사키가 곤혹스러워하면서도 애써 친근한 미소를 짓자, 그들 중 몇 명이 추가로 팔랑 손을 흔들며 이쪽으로 다가왔다.

"환영회 겸, 친해질 수 있게 같이 가는 건 어떨까 해서."

"앞으로 수험 때문에 바빠질 테니까, 추억을 만들자."

"모처럼 같은 반이 됐으니까, 우리도 좀 더 무라오에 대해서 알고 싶거든."

"그러고 보니 키리시마랑 소꿉친구라며? 키리시마도 부르자."

"크으, 벌써부터 기대돼!"

"저, 저기 그게~……."

그리고 사키를 제쳐두고 자기들끼리 이야기에 신이 났다.

상황을 미처 이해할 수가 없었다. 머리가 새하얘졌다.

이제까지 또래 남자한테 둘러싸인 적이 없었으니까, 더더욱.

'히, 히메~!'

흘깃 친구 쪽을 봤더니 필사적으로 칠판을 옮겨 쓰는 모습이 시야에 들어왔다. 입가에는 졸았는지 살짝 침이 흐른 자국. 평소 그대로의 히메코였다.

"아~쉽게 됐네. 사키한테는 우리랑 선약이 있거든~?"

"토리가이!"

"토, 토리가이?" "아~, 실화냐~." "우리도 같이 가면 안 돼?"

그때 호노카가 스윽, 사키와 그들 사이로 끼어들었다.

사키를 향해 깜박 윙크를 하고, 그리고 꼬옥 지켜주듯이 팔을 품에 안았다. 남자들이 항의하는 목소리를 높였지만 전혀 신경 쓰지 않고 흘려들었다.

그리고 그녀를 필두로 차례차례 다른 여자들이 모여들었다.

"지금부터 우리랑 그 이야기를 할 거니까, 자자 남자들은 저리 가."

"그러니까 사키는 받아갈게~."

"자자, 키리시마도…… 아니, 좀! 키리시마―!"

"자, 잠깐만―, 좀만 기다려!"

아무래도 도우러 나선 모양이었다.

"뭐, 그렇게 됐으니까. 가자, 사키."

"아, 예."

호노카는 불평하는 남자들에게 팔랑 손을 흔들며, 어안이 벙벙한 사키의 손을 잡고 교실을 뒤로했다.

여자들과 함께 식당으로 향했다.

화제가 된 것은 조금 전 남자들의 행동.

"아까 남자들 그거, 명백하게 무라오를 노리는 거였지―."

"꼬시는 거야, 꼬시는 거."

"무라오는 지금, 남자들 사이에서 꽤나 소문이 돌고 있으니까."

"싫으면 제대로 거절해야 된다―?"

"아, 아하하…… 내 머리카락, 조금 드문 색깔이니까."

그러면서 사키는 왼손으로 땋은 머리카락을 붙잡고 미간을 찡그렸다.

도시의 중학교에도 히메코처럼 탈색하거나 염색한 사람은 있다.

그래도 선천적으로 피부와 머리카락의 색소가 옅은 사키는 도시에서는 더더욱 주변에서 붕 떠서 무척 눈에 띄었다. 전학생이라는, 그때까지의 일상에 갑자기 날아든 다른 존재이기에 더더욱.

신기하다는 느낌도 거드는 건지, 지금도 스쳐 지나가는 사람들이 흘끗흘끗 시선을 던지기에 사키도 알고 있다.

시선은 식당에 도착하고서야 흩어졌다.

발권기 앞으로 길게 늘어선 줄, 매점에 무리 지은 인파, 각자 조달한 점심 식사를 펼치고서 대화도 떠들썩한 테이블 석. 식당은 무척 많은 사람으로 북적였다.

이제까지 휴게소의 흉내만 낸 식당 코너밖에 몰랐던 사키는, 여전히 이런 성황에는 여전히 숨을 삼키게 된다.

"일단 도시락 팀이 자리를 확보하고 올까."

"그럼 난 차를 가져올게."

"난 매점에서 샌드위치 사 올 테니까."

"무라오는 어떻게 할래?"

"나, 난 오늘은 학식으로~."

최근 이틀, 매점에 빵을 사러 돌격했지만 동작이 둔한 사키는 남은 쿠페빵밖에 얻지 못하고, 매점과의 상성이 얼마나 나쁜지 깨달았다.

아하하 쓴웃음을 흘리고 발권기 줄에 섰다.

무척 많은 사람이 서 있지만 다들 무엇을 먹을지 사전에 정했는지 줄은 쑥쑥 줄어들고 회전이 빨랐다.

그 사실에 놀라는 사이, 얼마 안 되어 사키 차례가 돌아왔다. 그리고 "어" 하고 굳어버렸다.

발권기에는 우동, 소바, 각종 덮밥에 소, 돼지, 닭, 생선을 사용한 많은 정식 메뉴가 죽 있고, 단품이나 토핑 종류도 풍부하고 전부 저렴했다. 무엇을 고르면 좋을지 몰라서 손가락이 헤매고 눈이 돌아갔다. 휴게소의 네 종류밖에 없는 발권기밖에 몰랐던 사키에게, 도시 중학교의 학식은 청천벽력이었다.

"웃!"

그때, 등 뒤에서 쿵쿵쿵 재촉하듯 바닥을 두드리는 소리가 들렸다. 등 뒤에는 많은 사람이 서서 짜증스러운 분위기를 풍기고 있었다. 다들 배가 고픈 거다.

사키는 허둥지둥하며 반사적으로 키츠네 우동을 골랐다.

사키가 키츠네 우동과 함께 자리에 도착한 것과 모두가 모인 것은, 마침 동시였다.

저마다 잘 먹겠습니다, 손을 맞대고 식사를 시작했다.

"식당, 생각보다 메뉴가 많아서 깜짝 놀랐어~."

"아—, 알겠어. 나도 1학년 때라든지, 엄청 헤맸는걸."

"우리 학교는 매점 쪽도 이것저것 종류가 많으니까, 점심 선택지가 많아서 좋아."

"식당에 급탕기가 있으니까 컵라면 가져오는 남자도 있지만."

"그러고 보니 우리 반에도 있었네—."

"호오, 그렇구나~. 히메는 계속 도시락…… 응, 히메?"

문득 히메 쪽을 봤더니, 펼친 도시락을 앞에 두고서 으으음, 신음하고 있었다.

히메코의 도시락은 햄, 새송이버섯, 양파, 브로콜리, 다진 파를 달걀로 고슬고슬 볶은 보기에도 화사한 볶음밥. 거기에 오크라와 자른 토마토가 곁들여져 있었다. 무척 맛있어 보이는데도 무슨 일일까 싶어서 고개를 갸웃거리자, 호노카는 딱 떠오른 것이 있었는지 아아, 쓴웃음을 흘렸다.

"그렇구나, 토마토."

"오빠, 내가 토마토 싫어하는 거 알면서……."

"키리시마, 또 오빠한테 뭔가 저질렀어?"

"지난번에는 좀처럼 목욕을 안 하니까, 였던가?"

입술을 삐죽이는 히메코와 히메코를 놀리는 아이들.

하지만 사키는 "하아……"라며 무언가 형용할 수 없는 한숨을 내쉬었다.

"히메, 그 도시락은 역시 오빠가 만든 거야?"

"응, 맞아. 브로콜리 심지에 남은 버섯…… 냉장고 청소도 겸했나 보네. 아, 두부까지 들어 있어."

"낭비 없이 식재료를 사용하고, 영양이나 칼로리까지 고려했어……."

"아하하, 그렇게 말할 수도 있겠다."

사실 사키도 도시락을 준비할까 생각했지만 실제로 자취를 시작했더니 평소의 생활만으로도 버거워서 거기까지 손길이 미치지 않았다. 다소 요리를 건드리게 된 지금, 히메코의 도시락을 보니 얼마나 가사 스킬의 차이가 있는지 이해하고 말았다. 미간에 주름이 새겨졌다.

그러자 이번에는 사키에게, 생글생글 아이들의 시선이 향했다.

"호오호오, 이건 역시 그건가요, 그거."

"응응, 확실하네요. 이건 확정이군요."

"상대는 이래저래 버겁다고요~."

"자자, 우리는 무라오 편이니까."

"어어……?"

어쩐지 의기양양한 표정을 짓는 아이들. 어딘가 가슴속을 꿰뚫어 보는 것 같아서, 부끄러워서 어깨를 움츠리고 말았다.

그런 가운데, 히메코가 어리둥절한 표정으로 물었다.

"무슨 이야기야?"

"응~ 적진 시찰. 다음에 과자 시로에 가자는 이야기야."

"아, 나도 가고 싶어! 거기 맛있고 제복도 귀엽고 오래된 가게고, 사키도 데려가야겠어!"

"아하하, 그러네—."

아이들이 신이 난 히메코를 보는 눈빛은 묘하게 흐뭇했다.

방과 후.

사키는 히메코 및 호노카나 다른 아이들과 함께 학교를 뒤로했다.

목적지는 환영회 자리인 사키의 집이다. 아무래도 자취하는 방이 어떤 느낌인지 궁금한 듯했다.

흥미진진한 그녀들과 대화를 나누며 걷기를 15분, 아파트에 도착한 사키는 소파랑 관엽식물이 놓여 있고 우체통과 택배 박스가 늘어선 입구를 지나, 오토록을 해제하고 모두를 안으로 안내했다.

몇 대가 늘어선 엘리베이터를 타고 3층으로. 공조 장치가 돌아가는 내부 복도를 지나서 308호실 문을 열었다.

"아직 거의 정리가 안 되어서 부끄럽지만……."

"실례합니다—!"

히메코가 기운차게 인사하고 거실로 향했다. 다른 아이들은 어딘가 머뭇머뭇하는 느낌으로 신발을 벗었다.

2인용 소파에 낮은 테이블, 목제 보드에는 큰 텔레비전. 벽에는 아직 아무것도 놓여 있지 않은 오픈형 선반.

깔끔하게 청소는 되어 있지만 넓이에 비해서는 물건이 적고 아직 생활의 흔적이 그다지 느껴지지 않는다. 좋게 말하면 모델 하우스 같으면서, 어딘가 쓸쓸하게도 느껴지는 방이었다.

히메코는 그런 사실은 개의치 않고 바닥에 가방을 놓더니, 두리번두리번 거침없이 방을 둘러보고 떠들었다.

"있지있지, 이사할 때, 짐만 날랐지 제대로 못 봤으니까, 탐험해 봐도 돼?"

"그렇게 대단한 건 없는데~? 괜찮아."

"여기 사키 침실? 아하하, 이쪽도 물건이 없네—. 이제부터 추워져서 코트 같은 게 필요할 테니까, 행거 정도는 있는 게 낫지 않을까?"

"그러네~, 급하게 몸만 옮겼다는 느낌이었으니까~."

히메코와는 대조적으로 다른 아이들은 남의 집에 온 고양이처럼 조용했다.

그러고 보니, 아파트에 도착한 뒤로는 한 마디도 하지 않았다.

사키가 무슨 일일까 고개를 갸웃거리며 시선을 향하자, 퍼뜩 정신을 차린 호노카가 쭈뼛쭈뼛 물었다.

"저기…… 방, 꽤 넓네? 혹시 사키, 엄청난 아가씨?"

"…………어?"

아가씨.

익숙하지 않은 단어에 무심코 맥 빠진 목소리를 높였다.

어찌 된 영문인지 다른 여자들도 고개를 끄덕끄덕했다.

"아하하, 그냥 시골 사람인데?"

"아니아니아니, 자취치고는 엄청 넓잖아!"

"아파트 입구도 복도도 엄청 깔끔했고!"

"그러고 보니 복도에 문이 하나 더 있었지?!"

"깨, 깨끗한 건 지은 지 얼마 안 되어서 그렇고, 복도에 있는 건 프리 룸? 어머니나 할머니가 가끔 자러 올 예정이니까, 그게…….."

"음~ 아가씨인지는 제쳐놓고, 사키네 신사는 1000년 이상 이어지고 있으니까 뼈대 있는 가문이기는 해."

"히, 히메~."

히메코의 말에 """"오오오~""""라며 들뜨는 아이들.

그리고 히메코가 "자, 이게 사키네 신사랑, 올해 여름 축제 의상이야!"라며 스마트폰 화면을 보여주자, "우와, 크잖아?!" "역사 있어 보여!" "우아, 의상 엄청 예뻐!" "역시 아가씨!"라는, 뭔가 간지럽게 만드는 목소리가 나왔다.

그저 쓸데없이 오래되었을 뿐인데. 더는 견딜 수가 없었던 사키는 "마, 마실 거 가져올게~"라며 부엌으로 도망쳤다.

냉장고에서 차 페트병을 꺼낼 즈음 문득 손이 멈췄다.

손님용 컵이 없었다. 애당초 자기가 쓸 식기도 변변히 없으니까 당연하다.

이사할 때 도와준 사람에게 내놓고 남은 종이컵을 들고, 이게 어디가 아가씨냐며 쓴웃음을 흘리고 거실로 돌아왔다.

이번에는 올해 여름 축제에서 찍은, 귀성한 모두와 함께 노는 사진으로 수다 중인 모양이었다. "와, 강에서 노는 거 재밌어 보여!" "바비큐 좋겠다." "정말로 양한테 둘러싸여 있어?!" 같은 말들이 나오는 가운데, 문득 호노카가 툭하니 아무렇지도 않다는 듯 중얼거렸다.

"이거, 니카이도 선배지? 이런 식으로 웃는구나……."

"바비큐 숯을 모으면서 노는 얼굴도 그렇고, 학교에서 보던 모습에서는 전혀 상상이 안 가."

"붙임성은 좋지만 아무도 다가갈 수 없는 절벽 위의 꽃이라는 느낌이었으니까."

"운동도 공부도 엄청 잘하고, 쿨한 이미지가 강하지."

"그래그래, 요전에 알바도 멋지게 소화했단 말이지—."

"".......응?""

사키와 히메코는 무심코 얼굴을 마주 보며 얼빠진 목소리를 흘렸다.

이제까지 본 하루키의 모습을 떠올려 봐도, 아이들이 말하는 이미지와는 겹치지 않는다.

히메코가 의아하다는 표정으로 소리 높였다.

"저기, 다른 사람이랑 착각한 거 아냐? 하루인데? 공부 가르치는 건 심각하게 못 하고, 집에 있을 때는 흐트러진 모습뿐이고, 어제도 저렴했어! 라면서 고형 입욕제를 넣으면 헤엄치는 오리 장난감 같은 거나 사 왔고."

"그거, 결국 히메네 집에 뒀던가?"

"그래그래. 오빠도 또 얼른 약국에 입욕제 사러 갔으니까 말이지—, 무슨 어린애냐고!"

"아, 아하하……."

히메코가 이야기하는 하루키의 모습에 어딘가 영 와 닿지가 않는 듯한 아이들.

아무래도 하루키가 평소 밖에서 보여주는 모습은, 히메코와 사키가 아는 모습과는 다른 듯했다.

그게 서로의 흥미를 끌어 하루키 화제가 한동안 이어졌다.

"응, 저거……?"

"왜 그래? ……18?"

"어?!"

그때, 여자 하나가 소리를 높였다. 시선이 향한 곳에 있는 건 침실 쪽에 있는 책상의 노트북. 아니, 그 옆에 있는 18이라는 숫자가 눈에 띄는 스티커가 붙은, 귀여운 여자아이 그림이 그려진 디스크 케이스. 사키의 방에 있기에는 조금 이색적인 물건이었다.

　그녀들은 고개를 갸웃거리고, 사키는 점점 얼굴이 붉게 물들었다.

　"어, 저기 그게 이건! 시골에서, 히메네, 오빠가! 그게, 조금 그렇지만 굉장히 좋은 스토리라고!"

　"아―! 그거, 오빠가 가지고 있던 야한 게임!"

　"""웃?!"""

　아이들은 깜짝 놀라면서도 꿀꺽 침을 삼켰다.

　그녀들도 한창때. 딱히 그런 것에 흥미가 없지는 않다는 뜻이다.

　누가 먼저라고 할 것도 없이 얼굴을 마주 보고, 그중 하나가 똑바로 손을 척 들었다.

　"미래를 위한 공부 모임을, 여기서 제안합니다."

　그 뒤 갑자기 시작된 **게임 대회** 후의 감상회까지 거쳐, 어딘가 피부가 반들반들해진 아이들은 귀갓길에 올랐다.

　"그럼 갈까, 히메."

　"응."

　방을 정리하고 가볍게 청소를 마친 사키는 히메코와 함께

키리시마네 집으로 걸음을 옮겼다. 도보로 약 5분, 츠키노세에 있을 때보다도 물리적으로 거리가 가까웠다.

이사 온 이후, 저녁은 키리시마 가에서 먹고 있었다. 하루키도 있으니까 셋이든 넷이든 다를 바 없다고 하야토가 권유한 것이다. 조금 미안하다고 생각하면서도, 역시나 저녁 준비까지 손길이 미치지는 않았기에 감사히 받아들였다. 게다가 접점이 늘어나는 것은 솔직히 기쁘다.

히메코와 나란히, 학교와는 다른 방향으로 주택가를 걸었다.

초가을이 되니 해가 지는 것도 무척 빨라졌다.

길을 가던 사람들이 태양에게 재촉이라도 당하듯 집으로 빨려 들어갔다.

두 사람도 그들과 마찬가지로, 가족용 큰 아파트 안으로 스르륵 들어섰다.

"어서 와—…… 아니, 우와."

"아하하……."

"아, 어서 와—, 히메랑 사키."

귀가하자마자 히메코가 한심스럽다는 목소리를 높였다.

거실 소파 위에는 교복 차림의 하루키가 벌러덩 누워서 팔걸이에 발을 쑥 내밀며 만화를 읽고 있었다. 치마도 아슬아슬한 느낌으로 팔랑 들어 올라가서 각도에 따라서는 안이 보일 것만 같았지만, 본인이 신경 쓰는 기색은 없었다. 칠칠치 못한 모습에 사키도 아하하 쓴웃음을 흘렸다.

하야토는 현재, 그런 하루키는 신경도 쓰지 않고 부엌에서 저녁을 만들고 있었다. 틀림없이 항상 있는 일일 것이다.

그런 자연스러운 두 사람의 관계를 조금 부럽다고 생각했다.

"정말이지, 하루 버릇없게! 다리!"

"응, 보여? 그보다 히메도 읽을래?"

"하루는~…… 아니 이거, 지금 우리 반에서도 화제인 스파이 나오는 그거다!"

"그래그래! 어제 서비스 중인 애니메이션 1화를 봤더니 말이지, 어느샌가 오늘 학교 마치고 오는 길에 싹 사버렸거든. 자 이거, 1권!"

건네받기가 무섭게 만화에 빠져드는 히메코. 여전히 참 단순한 친구라 사키는 조금 어이없다는 한숨을 내쉬었다.

하지만 나쁘지 않은 분위기였다.

그리고 만화에 몰두하고 있는 히메코와 하루키가 소파에 사키가 앉을 자리를 벌려주었다. 바로 얼마 전까지는 상상도 하지 않았던 이 도시에도 자신이 있을 곳이 있다며 가르쳐주는 것 같아서, 가슴에 천천히 따뜻한 것이 퍼졌다.

사키는 두 사람을 따라서 그곳에 앉으려고 했지만 문득 부엌에 선 하야토의 뒷모습이 시야에 들어왔다. 소파와 하야토의 뒷모습을 교대로 바라보고 고민하기를 잠시. 가슴 앞으로 양손을 꽉 쥐고 부엌 쪽으로 걸음을 옮겼다.

"오빠."

"어, 사키. 어서 와."

"아! 예, 저 왔어요."

갑자기 날아온 인사에 가슴이 두근거렸다.

어서 와, 나 왔어.

별것 아닌 대화. 하야토도 콧노래를 흥얼거리며 그대로 양상추를 채 썰고 있었다.

하지만 이제까지 없었던, 특별한 대화였다.

사키는 가슴의 고동을 들키지 않도록 미소를 지은 채로 이야기를 꺼냈다.

"저기, 제가 드린 앞치마 쓰고 있네요."

"이제까지 쓰던 게 낡았으니까. 뭐, 금세 기름이 튀어버 렸지만…… 그래도 얼룩은 지웠고, 소중하게 쓸 거야."

"아하하, 앞치마는 원래 더러워지는 거예요. 그런 식으로 앞치마를 귀여워해준다면 이 아이도 기뻐하겠죠. 그렇지, 콘스케?"

"이름이 있었어?"

"후훗, 지금 정했어요."

"아! 그렇, 구나."

사키는 생일 선물로 준 앞치마에 수놓은 여우 디자인을 보며 장난기 가득하게 웃었다.

조금 어린애 같았을까 생각하면서도, 예전에는 없었던 대화에 마음이 들떴다. 입가도 풀어졌다.

"그런데, 뭔가 도울 거 없을까요?"

"음, 그렇지…… 냉장고에서 요거트 꺼내줄래?"

"요거트?"

"토마토 카레에 조금 넣을 거야."

"와!"

그러면서 하야토가 끓이고 있던 냄비 뚜껑을 열자, 방 전체에 식욕을 자극하는 향긋한 냄새가 둥실 퍼졌다. 부글부글 끓고 있는 것은 불그스름한 루. 거기에 가지와 애호박이 헤엄치고 있었다. 색깔만 봐도 매운맛이 느껴지지만 요거트 산미를 추가하면, 아직 늦더위로 땀이 나는 이 시기에도 식욕을 돋우는 일품이었다.

그것을 긍정하듯 거실에서 꼬르륵, 배꼽시계 소리가 둘 들렸다. 아닌 척하며 만화에 얼굴을 파묻는 히메코와 하루키. 그것을 본 사키와 하야토는 서로 얼굴을 마주 보고 작게 웃었다.

"사키, 접시를 꺼내줄래?"

"예!"

""""잘 먹겠습니다.""""

키리시마네 집 주방에서 네 목소리가 겹쳤다.

"응~, 산미랑 단맛이랑 매운맛이 절묘해! 하지만 조금 싱거운데?"

"토마토에서 생각보다 물기가 나왔구나, 조금 덜 끓이기도 해서 살짝 질척질척해졌을지도."

"맛있어, 뜨거, 매워, 오빠 물!"

"예예, 물이야."

"히메는 토마토 싫어하는데 토마토 카레는 괜찮구나?"

"내가 싫어하는 건 생토마토야! 그 이상한 맛은 정말……
케첩 같은 건 정말로 좋아해! 파스타 토마토소스도!"

"아, 아하하, 그렇구나……."

다 같이 토마토 카레에 입맛을 다시며, 오늘 등교 중에 자
판기에서 감과 밤 주스를 발견했다든지, 방학 후유증으로
이름을 불러도 반응이 늦는 반 아이가 있다든지, 츠키노세
와 비교해서 사람이 많으니까 이름이랑 얼굴을 기억하는 것
이 큰일이라든지, 사키가 본가에 있었을 때와는 다른 그런
화제에 미소가 꽃피었다.

자취를 시작한 뒤로 힘든 일이나 당황하는 일도 많았다.

하지만 과감하게 도시로 오길 잘했다고, 입가에 미소를
머금었다.

"어라, 좋은 향기구나."

"아버지?" "아빠?!"

""아!""

그때 덜컥 거실 문이 열리고, 어딘가 하야토랑 히메코와
닮은 장년 남성이 얼굴을 내밀었다. 두 사람의 아버지이자
이 집의 주인인 키리시마 카즈요시였다.

하지만 하야토와 하루키는 카즈요시의 귀가가 자못 의외
라는 듯 목소리를 높였다. 사실 사키가 도시에 오고 한동안

지났지만 그를 본 것은 처음이었다.

"……."

"""""……."""""

침묵이 흘렀다.

지금은 오후 일곱 시 전, 평범한 집이라면 가족이 단란하게 보낼 시간일 것이다. 그런데도 카즈요시 본인도 차분하지 못한 모습으로 가만히 서 있었다.

조금 울적한 분위기였다.

그것은 카즈요시의 셔츠가 보기에도 구깃구깃하거나 눈 밑에 큰 다크서클이 있는 탓일지도 모른다.

문득 식탁에 빈자리가 없다는 사실을 깨달은 사키는 황급히 목소리 높였다.

"저, 저기, 여기……."

"아! 어, 어어 그대로 있어도 돼, 사키."

사키가 몸을 반쯤 일으키자 카즈요시가 황급히 그것을 제지했다.

그리고 카즈요시는 부엌으로 가더니 포트의 뜨거운 물로 커피를 타고, 거실 소파에 앉아 짐을 놓았다.

어딘가 당황스러운 분위기 가운데, 하야토가 헛기침을 했다.

"어흠, 그. 오늘은 이르다고 할까 평소와 다른 시간이네, 아버지."

"그래, 저녁에 병원 쪽에 잠깐 들렀어."

병원.

그 말에 히메코의 어깨가 움찔, 작게 들썩였다. 표정도 굳어졌다.

하야토도 그런 동생의 반응을 알아차렸는지 신중하게 말을 골라서 입에 담았다.

"음, 언제, 돌아오는 거야?"

"이제 거의 좋아져서, 본인도 가능한 한 빨리 오겠다고 하는데…… 두 번째니까 나로서는 신중해지네."

"……그렇구나."

조금 전까지 그런 부분에 대해서 의사와도 논의한 걸까? 아무래도 경과는 순조로운 듯했다.

카즈요시만이 아니라 그때까지 마른침을 삼키며 지켜보던 하루키도 하야토와 마찬가지로 안도의 한숨을 흘리며 표정을 풀었다. 분위기가 느슨해졌다.

하지만 히메코만이 어딘가 차분하지 못한 모습이었다. 하야토도 미간을 찡그리고 있었다.

문득, 옛날에 친구네 어머니가 처음으로 쓰러졌을 때의 일이 뇌리를 스쳤다.

『히메코를, 내 동생을, 웃게 해줘!』

일찍이 하야토가 입에 담은, 자신과 같은 바람을 떠올렸다.

그래서 사키는 손을 짝 맞대고 애써 밝은 분위기로 목소리 높였다. 그래야만 한다고 생각했다.

"저, 저기, 장 봐야 해요! 저 막 이사 왔고, 부족한 거, 잔뜩이라!"

하지만 입에서 튀어나온 것은 지독히 이기적인 말.

시선이 모였다. 스스로도 다른 방법은 없었을까 생각했다.

그때, 하야토와 눈이 마주쳤다. 그 눈동자에는 경악과 함께 작은 불안이 엿보였다.

그래서 사키는 괜찮다는 강한 마음을 담아서, 싱긋 미소 지었다.

그제야 숨을 삼킨 사키의 의도를 헤아렸는지 하야토가 금세 말을 이어받아 주었다.

"그러네, 이사 직후라면 이것저것 부족한 게 있을 거야. 나도 필요하다고 생각하면서 뒤로 돌렸던 게 있어. 압력밥솥이라든지."

"압력밥솥이라니…… 하지만 나도 사려고 했는데 아직 못 산 만화나 라노벨 신간이 있거든."

"응? 역 앞에 책방 없었던가?"

"하야토는 모르는구나, 그런 건 전문점에서 사면 특전이 붙어 나온다고? 미는 작품은 올 컴플리트를 할 생각으로 사야지!"

"응? 진짜 몰라서 묻는데, 남는 건 어떻게 하는 거야?"

"물론 한 권은 내가 읽는 거! 다른 건 친구한테 추천하고 포교하는 거야!"

"뭐?! 하루키, 만화 같은 거 빌려줄 상대가 있었나……."

"있잖아, 여기에!"

"확실히 요즘 책장에 모르는 책이 늘어났지⋯⋯. 나 말고는?"

"그게⋯⋯⋯⋯⋯⋯⋯."

"⋯⋯괜찮아!"

"저, 정말~, 짓궂어! 됐어, 다음에 사키네 집에도 가져갈 테니까!"

"아, 아하하, 하루키 씨⋯⋯."

하루키도 그 흐름에 가담하여 다른 화제로 넘어갔다.

화기애애한 분위기로 바뀌자, 그제야 히메코도 "아!"라며 밝은 목소리를 높이고 스르륵 원 안으로 들어왔다.

"그러고 보니 가을 옷도 이미 이것저것 나왔지. 나 보고 싶어!"

"히메코, 아직 가을 옷을 입기에는 덥지 않아?"

"오빠, 모르는구나. 빠르니까 좋은 거야, 더운 건 참아야지!"

"게다가 오빠, 이 시기는 의외로 금세 다음 계절로 넘어가니까 지금부터 준비해도 늦진 않아요. 저도 학교 에어컨이 너무 세서, 카디건이 필요하겠다는 생각도 했고."

"그, 그런 건가, 하루키는⋯⋯ 아니, 지금 노골적으로 눈을 피했는데?"

"와— 나도 가을 옷 보러 가야겠네—."

"⋯⋯정말이지." "하루⋯⋯." "아, 아하하."

자연스레 미소가 번졌다.

그들을 보던 카즈요시도 문득 무언가를 깨달은 듯, 어딘가 실감이 담긴 목소리를 던졌다.

"여자들이 옷 고르는 건 큰일이라고, 하야토."

"……상상만으로도 힘들 것 같아."

"그럴 때는 자기 걸 골라 달라고 하면 돼. 그래, 마침 고등학생 때였던가? 쇼핑가고 싶다던, 당시에는 아직 지긋지긋한 인연뿐이었던 네 어머니한테 끌려가서——."

"자, 잠깐만 아버지, 그건!"

"꺄—! 아빠, 그거 좀 자세히 이야기해줘!"

"와, 와, 설마 아저씨랑 아주머니 이야기?!"

"하야토 걸 고른다…… 꽤 괜찮을지도."

사랑 이야기.

츠키노세에서도 유명한 이 친구의 부모님이 사귀기 전 이야기라면 흥미도 잔뜩 샘솟는다. 히메코도 콧김이 거칠어졌다.

하지만 하야토는 그런 아버지의 이야기가 부끄러운지 억지로 화제를 피했다.

"그, 그러고 보니 막 재회했을 무렵의 하루키는, 옷 센스가 심각한 수준이었지."

"아—, 그때 하루 센스는 지독했어."

"미얏?! 하야토에 히메까지?!"

"어, 그것도 자세히 들려줘!"

"사진도 찍었어. 자, 이거."

"…………와아."

"사, 사키도~!"

하루키를 중심으로 웃음이 퍼지고, 울적하던 분위기는 어느샌가 날아갔다.

문득 그 사실을 깨달은 사키는 마음속으로 안도하며 가슴을 쓸어내렸다.

그때 하야토와 눈이 마주쳤다. 눈동자에 고맙다는 기색을 담고 작게 미소를 지었기에, 사키도 별것 아니라는 마음을 담아서 미소로 답했다. 그러자 하야토가 눈을 살짝 크게 뜨고 수줍은 듯 머리를 벅벅 긁고는 얼굴을 피했다.

그 모습이 연상이지만 조금 귀엽다고 생각해버렸다.

달도 없고 별 숫자도 적은 도시의 밤하늘은 마치 엎지른 먹물처럼 어둡게 펼쳐져 있었다.

그럼에도 지상에서 깜박이는 수많은 불빛 덕분에 츠키노세와 달리 발밑은 밝고, 하늘과의 경계선은 애매모호했다.

키리시마네 집을 뒤로한 사키와 하루키는 귀갓길에 접어들었다.

"……."

"……."

두 사람 사이에 대화는 없이 저벅저벅 발소리만이 울렸다.

딱히 거북해서 그런 것이 아니다. 굳이 따지자면 조금 전 키리사마네 집에서 거의 대화를 마쳤다는 말이 적절할 것이다.

나쁘지 않은 분위기였다. 그만큼 하루키와도 가까워진 것이 틀림없었다.

사키는 흘끗 옆으로 시선을 옮겼다.

니카이도 하루키.

어릴 적부터 누구보다도 하야토와 가까운 거리에 있는, 청순가련한 여자아이.

조금 전 키리시마네 집에서 드러낸 무방비한 모습.

거침없는 대화.

히메코 일로 금세 이야기에 어울려서 도움을 준 배려심.

전부, 그녀가 아니라면 할 수 없는 일이었다.

하루키의 옆얼굴을 가로등이 비추었다. 가슴이 술렁거렸다.

그때 휘잉, 가을바람이 불었다.

"꺅!"

"우왓!"

사키는 순간적으로 둥실 떠오르려던 츠키노세 때보다도 짧은 교복 치마를 누르고, 하루키는 팔랑 바람에 실린 긴 머리카락을 눌렀다.

역시나 이 시기의 밤은 서늘해서 몸이 부르르 떨렸다.

그것은 하루키도 마찬가지인 듯, 시선이 마주치자 곤란하다는 웃음을 흘렸다.

무척 예쁜 미소였다.

하지만 그곳에 있는 것은 어딘가 애매모호하고, 이 도시의 흐릿한 윤곽인 달처럼 현실감이 없고, 당장에라도 사라져버릴 것 같은 공허함과 위태로움.

하루키는 이따금 지금같이 쓸쓸한 얼굴을 내비칠 때가 있었다.

──니카이도 마오, 아니, 타쿠라 마오.

도시로 이사를 와서 아직 얼마 안 되었지만, 교실에서도 가끔 그녀가 화제로 올라온다. 츠키노세에서는 실감이 없었지만 아무래도 무척 유명인인가 보다.

당연하게도 타쿠라 마오에게 딸이 있다는 이야기는 들은 적이 없었다.

하루키에게 아무런 생각도 없을 리가 없을 것이다.

그런 하루키가 하야토 앞에서만 드러내는, 천진난만한 미소를 떠올렸다. 그가 얼마나 그녀에게 커다란 존재인지를 생각하면 가슴이 꽈악 죄어들었다.

"저기──."

"윽!"

그런 사키의 표정을 본 하루키가 조심스럽게 말을 건넸다.

한순간 허둥지둥했지만 갑자기 스마트폰이 울렸다.

"아! 하루키 씨, 이거 봐요!"

"──와, 그때 새끼고양이!"

어머니가 보낸 것은 최근에 무라오가에서 기르기 시작한 새끼고양이 츠쿠시의 사진.

만세 자세로 벌러덩 드러누워서 잠들어 있고, 『원래 들고

양이인 나, 야생을 잊었습니다』라는 글자가 함께 춤추고 있었다.

그 밖에도 화면을 넘기자 신타와 함께 툇마루에서 낮잠을 자거나, 강아지풀 장난감에 펄쩍 뛰거나, 밥그릇 앞에서 재촉하듯 올려다보거나, 다양한 표정을 보여주었다.

사키와 하루키의 눈꼬리가 점점 내려갔다.

"아버지가 정말로 헤실헤실하는 모양이라…… 신타도 매일같이 얼굴을 비춘다고."

"후훗, 츠쿠시는 이미 완전히 가족의 일원이라는 느낌이네."

"츠쿠시도 참 굉장히 응석받이라서, 밤중에 어느샌가 이불로 파고드는 모양이에요."

"좋겠다……."

츠쿠시는 하루키가 발견해서 구해낸 생명이다.

하루키가 있었기에, 지금 이렇게 행복한 모습을 보여주고 있는 것이다.

그래서 사키는, "……하아"라며 애절한 한숨을 내쉬는 하루키에게 가슴을 펴라는, 구해줘서 고맙다는 마음을 전하고 싶어서 목소리를 높였다.

"하루키 씨, 그게, 다음에 파자마 파티를 할까요. 츠키노세에 있었을 때처럼!"

"아, 어……."

"저, 이제 자취에 익숙해져서 그런지, 살짝 외로워져서…… 방도 남으니까, 괜찮죠?"

또다시 이기적인 이유가 되어버려 부끄러움에 얼굴이 붉어졌다.

하지만 하루키는 그런 사키를 눈을 끔벅거리며 바라본 뒤, 생각도 하지 않은 말을 흘렸다.

"나 있지, 사키가 이쪽으로 와줘서, 정말로 잘됐다고 생각해."

"……아."

그러면서 하루키는 환하게 웃었다.

하야토 앞에서만 드러낼 때와 같은, 진심으로 신뢰를 담은 미소로.

하루키의 마음이 전해졌다. 가슴이 뜨거워졌다.

그리고 하루키는 **평소의** 짓궂은 미소를 짓고, 사키에게 **제멋대로** 자기 이야기를 던졌다.

"기왕이면 하야토도 있는 히메네 집에서 하고 싶어. 밤늦게까지 깨 있으면서, 평소에는 안 보는 영화를 빌려본다든지 하는 거야."

"와, 재미있겠어요!"

"잘 때는 다 같이 베개를 나란히 하고서 자고 싶어."

"음, 히메 방에서는 무리일지도요."

"그럼 거실을 점거해야지."

"아하하!"

그런 계획을 세우며, 하루키와 사키는 아무도 없는 집으로 향했다.

깔깔 웃음소리가, 둥실둥실 거리의 흐리멍덩한 어둠 속으로 빨려 들어갔다.

그런 부분

하야토는 흐릿하고 폭신한 구름 같은 의식 안을 떠돌고 있었다.

무척 평온하고 기분 좋은 공간에 몸을 맡기고 있자니, 어딘가에서 익숙하고 친숙한 목소리가 들렸다. 그러자 그 소리에 이끌린 것처럼, 어릴 적의 꿈을 떠올렸다.

옛날.

아직 아무것도 모르고, 천진난만하게 언제까지나 이런 나날이 계속될 거라 믿던 그때.

커다란 개의 등 위에 타고서 양의 무리를 쫓는 그런 바보 같은 녀석.

당시의 꿈 그대로, 커다란 개가 꿈속의 어린 하야토를 태우고서 츠키노세의 두렁길을 달려갔다.

차밭, 양계장, 목재 가공장.

다양한 풍경이 흘러갔다. 그 무렵에는 카우보이든 뭐든 될 수 있었다.

문득 꿈속의 개가 크게 『삐삐삐』하고 울었다.

그러자 갑자기 발밑이 무너지고 땅 밑으로 떨어졌다.

그리고 발버둥 치듯 손을 뻗고──.

"──윽!"

마치 용수철 달린 장난감처럼 상반신을 번쩍 일으켰다.

흠뻑 땀이 흐르고 두근두근 심장이 뛰었다.

다소 누그러지기 시작한 이슬 맺히는 초가을의 햇살이 커튼 사이로 새어들었다.

책상 위에는 오랜만에 자명종이 알람 소리를 내고 있었다. 평소에는 울리기 전에 눈을 뜨니까, 별일이라며 저질렀다는 느낌으로 시각을 확인하고── 무심코 숨을 삼켰다.

"으엉?!"

정신이 들자 항상 설정하는 시간으로부터 가볍게 30분 이상이 지나 있었다. 지금 당장 나가더라도 하루키, 사키와의 약속 시간에는 빠듯하다.

대체 어째서?! 어쩌다가 틀어졌지?! 그러고 보니 어젯밤에 잠들기 전, 바닥에 성대하게 떨어뜨렸던가?! 혼란스러운 머리로 이런저런 생각을 했지만 시간은 시시각각 지나갔다.

정신을 차린 하야토는 곧바로 하루키에게 『조금 늦을지도』라고 메시지를 보냈다.

"히메코, 일어나─!"

"흐걍?!"

그리고 황급히 히메코를 두들겨 깨우고 집에서 굴러 나오는 것이었다.

하늘은 비칠 듯한 파랑.

저 멀리에는 하늘을 향해 발돋움을 하고 있는 여러 빌딩들.

츠키노세와 달리 주위를 가로막는 산이 없는 도시는, 세계를 무척 넓게 보이게 했다.

통학로에 있는 가로수 이파리가 살짝 물들기 시작한 탓인지 오늘 아침의 공기는 평소보다 조금 더 서늘하게 느껴졌다. 가을 축제가 끝날 무렵이 되면 틀림없이, 교복도 하복에서 서서히 가을 채비로 갈아입게 될 것이다.

"미, 미안, 늦었어……."

"후우―, 후우―."

그러나 전력질주를 한 하야토와 히메코는 땀으로 흠뻑 젖어 있었다.

약속 장소에서 기다려준 하루키와 사키는, 키리시마 남매를 보고 쿡쿡 쓴웃음을 흘렸다.

"별일이네, 하야토가 늦잠을 자다니."

"나도, 몇 년, 만이라, 놀랐, 다고……."

"아하하, 됐으니까 일단 호흡부터 가다듬어. 시간은 그게, 평소랑 그렇게 다르지 않으니까."

"……어."

크게 몇 번 심호흡을 해서 호흡을 가다듬고 이마에 맺힌 땀을 손등으로 훔쳤다. 늦더위를 열심히 주장하는 태양이 조금 원망스러웠다.

마찬가지로 거친 숨에 땀범벅인 히메코는 사키가 건넨 손수건으로 땀을 훔치고, 꼬르륵~ 배를 통해 큰 주장을 선보였다. 셋의 시선을 받고 얼굴을 새빨갛게 물들이며 입술을 삐죽였다.

"아, 아침밥 안 먹었고, 있는 힘껏 달렸으니까……"

"하핫, 나도 오늘은 오전 중에 체육 수업이 있어서 아침을 빼먹는 건 힘들겠는데. 편의점 들러도 될까?"

"중학교 가는 도중에 있는 곳인가요?"

"늘 가는 거기구나. 그럼, 히메가 쓰러지기 전에 갈까."

그리고 네 명은 조금 빠른 걸음으로 편의점을 향해 걸어갔다.

학교까지 가는 길. 주택가 변두리에 있는 편의점은, 대로와 인접하기도 해서 도시에서는 드물게도 점포 전면이 주차장으로 되어 있었다.

아침이기도 해서 가게 안에는 출근 도중인 사람들이나 다양한 종류의 교복을 입은 학생들이 보였다. 그들도 네 사람과 마찬가지로 아침 식사를 원하는 것이리라.

편의점으로 들어오자마자 누군가 하야토 셔츠 등 부분을 꾹 잡아당겼다. 무슨 일인가 싶어서 쳐다봤더니 히메코가 "응!" 하면서 손바닥을 들이밀었다.

그 의미를 헤아린 하야토는 늦잠을 자서 이것저것 준비하지 못했던 사죄를 담아 500엔 동전을 건넸지만, 불만스러운 표정이 돌아왔다.

"하아."

한숨을 내쉬며 미간을 찌푸리고 추가로 200엔을 건네고서야 히메코는 돌변해서 미소를 짓더니 "오빠, 고마워!"라며 디저트 코너로 달려갔다.

타산적인 녀석. 내심 어이없어하면서 하야토가 머리를 긁자 옆에서 쿡쿡 소리 죽인 웃음이 들렸다.

"하야토는 있지, 역시 히메한테는 무르구나."

"……딱히 그런 건 아닌데."

"우후후, 그래그래, 알았다고. 그럼 나는 컵라면 신작은 없는지 찾아볼까—."

"아니, 하루키…… 정말이지."

하야토를 놀릴 만큼 놀린 하루키는 인스턴트 코너로 향했다.

뒤에 남겨진 하야토는 그런 건 아닌데 말이지, 그러면서 무어라 형용할 수 없는 표정을 짓다가, 무언가를 깨달았다. 근처에 있던 사키가 어딘가 안절부절못하고 있는 것이다.

"사키?"

무슨 일이냐고 물어봤더니, 주눅이 든 것 같은 사키가 주위로 시선을 헤맨 뒤에 조심스레 귓속말했다.

"그게, 시선이 그렇다고 할까, 사람이 많은 거에 아직 익숙하지 않아서……."

"응……?"

그 말을 듣고 하야토도 흘끗 주위를 둘러봤다.

확실히 가게 안의 사람들이 남녀불문 시선을 향하고 있었다. 사키만이 아니라 하루키나 히메코에게도. 하야토는 "아아"라며 어딘가 납득했다. 그만큼 그녀들은 사람들의 시선을 끄는 것이리라.

흘끗 시선을 돌렸다.

이상하게 진지한 얼굴로 컵라면을 관찰하는 하루키는, 단정한 얼굴에 길고 윤기 나는 흑발, 교복에서 늘씬하게 뻗은 긴 팔다리를 가진 외모는 청순가련한 미소녀. 이렇게 시선을 모으는 경우도 많다.

디저트 코너에서 바쁘게 움직이는 히메코는 머리에 풍성하게 펌을 하고 몸가짐에도 잔뜩 신경을 쓰는 요즘 또래의, 뭐 귀엽다고 해도 무방한 여자아이. 물론 연신 그 자리에서 "마롱! 펌킨! 스위트포테이토?!"라며 아침부터 신이 나서 목소리를 높이고 있으니 싫어도 눈에 띌 것이다.

사키는 어떨까?

색소가 옅은 아마포색 머리카락에 속이 비칠 듯이 하얀 피부, 그리고 조금 천진난만한 느낌은 남아 있지만 산뜻한 얼굴은 청순한 이미지를 준다. 특히 하야토는 츠키노세에서 무녀 역할을 하는 모습을 보았기에 더더욱 그렇게 느낀다.

이렇게 보니 방향성은 다르지만 사키는 하루키와 함께 있어도 손색이 없는 미소녀라고 할 수 있었다.

"사키는 귀여우니까 주목을 모으는 거라 생각해."

"후에?! 귀, 귀여……?!"

"학교 같은 곳에서도 다들 그런 식으로 보는 거 아냐?"

"그, 그건…… 아으으…….."

".……………아―."

하야토가 솔직한 감상을 늘어놓자 사키의 얼굴이 부끄러운 듯 점점 빨개졌다. 하야토도 의외였다. 항상 히메코에게 하는 것과 비슷한 말을 했을 뿐인데, 동생과 다른 반응에 당황해서 두근대고 말았다.

두 사람 사이에 간질간질하는 분위기가 흘렀다.

그리고 그때 갑자기 하루키가 다가와서는 꽈악, 옆에서 사키를 마치 하야토로부터 지키듯이 끌어안고 항의하는 눈빛으로 흘겨봤다.

"하야토, 왜 사키를 꼬시고 있는 거야?"

"따, 딱히 꼬시지는⋯⋯."

"뭐, 마음은 모를 것도 아니지만."

"하, 하루키 씨?!"

하루키는 하야토에게 과시하듯 뺨을 비비고, 사키는 당황하면서도 쓴웃음만 지었다. 그래도 싫어하는 기색은 없었다.

그것은 어디를 어떻게 봐도 사이좋은 **여자들**의 모습이었다.

무라오 사키.

동생의 오래된 친구. 어딘가 서글서글한 인상이고 츠키노세의 양이나 마을의 모두로부터 귀여움을 받는, 이제까지 그다지 교류가 없었던 여자아이.

하지만 하야토와 히메코가 츠키노세에서 전학을 온 것을 계기로 점점 대화를 나누게 되어 최근에 급속히 사이가 깊어졌다.

하야토와도. 그리고 하루키와도.

눈앞에 있는 두 사람의 거리는 무척 가까워서, 옛날의 **하야토**와 **하루키**를 떠올리게 만들었다.

그리고 둘 사이가 친하다는 것은 무척 좋은 일일 텐데도, 어찌 된 영문인지 하야토는 미간에 주름을 지었다.

솔직히 이 사실을 기뻐하지 못하는 자신이 무척 별로인 녀석 같다. 그런 속마음을 들키기 싫어서 얼버무리듯이 머리를 긁적이고, 삼각김밥이나 빵이 진열된 코너로 고개를 향하고는 애써 목소리를 냈다.

"이런, 나도 아침이랑 점심에 먹을 걸 사야겠어."

"웃! 저, 저기……!"

"응? 사키……?"

그러자 꾸욱, 조심스레 옷소매를 당기는 손길이 있었다.

사키치고는 보기 드문 행동이라 놀라움보다도 곤혹이 앞섰다. 사키도 마찬가지인 듯했다.

하지만 그녀는 금세 눈매는 처졌지만 심지가 강하게 느껴지는 눈빛으로 디저트를 고르는 히메코의 뒷모습을 응시한 뒤, 하야토와 하루키를 향해 속삭이는 듯한 목소리로 자신의 의지를 고했다.

"저기, 아주머님 병문안에 데려가 주시지 않겠어요?"

편의점에서 물건을 산 뒤, 히메코랑 사키와 헤어지고 하루키와 둘이서 학교까지 걸었다.

이따금 쓰레기를 내어놓는 사람과 스쳐 지나가고 퍼더덕 날갯소리가 들렸다.

쓰레기장 근처의 전선에 까마귀가 앉아서, 새 퇴치용 망을 어떻게 공격할지 생각 중이었다.

그 이외에는 조용하고 주위에 등교하는 학생도 적어서, 울리는 것은 아스팔트를 두드리는 소리뿐.

떠들썩했던 조금 전까지와는 달리 대화 없이, 계속 조금 전 사키의 말을 생각했다.

솔직히 의외였다.

하지만 사키는 어릴 적부터 동생의 친구였다. 게다가 어머니가 병원을 옮긴 것이 츠키노세에서 갑자기 이사를 온 원인이었다는 것을 고려하면, 무언가 생각하는 바도 있을 것이다.

"있잖아, 하야토."

"응?"

"사키는 이제까지 츠키노세에서 어떤 느낌이었어?"

"어떤 느낌이라…… 요전에 봤잖아? 그런 느낌인데."

"아, 그게 아니고, 하야토랑 히메랑 이제까지 어떤 느낌이었을까 해서. 지금이야 이래저래 이야기를 하지만, 계속 교류가 없던 거지?"

"어―, 그러게……."

하야토는 손에 들고 있던 첫 번째 닭튀김 꼬치를 덥석 단숨에 입으로 던져 넣으며, 기억 속에 있는 과거 사키의 모습을 다시금 떠올렸다.

"히메코랑은 자주 같이 있었어. 학교에서도, 휴일에도. 가끔씩 사키네 집 사람이나 우리 어머니가 차로 산기슭에 있는 쇼핑몰 같은 곳에 태워다주기도 했던가."

"흐응. 하야…… 아니, 히메네 집에도 자주 왔어?"

"응─, 가끔씩 방과 후에 같이 잡지를 펴놓고 수다를 떤다든지, 동영상을 본다든지 그랬던 모양이야."

"모양?"

"나는 그게, 자주 밭일을 도우러 나갔으니까."

"그런가. ……어지에구나, 사키."

"그러네, 히메코랑 같이 꽤 여자애 느낌의 놀이 같은 것도 했던가?"

"아, 응. …………하아."

하루키는 무어라 형용할 수 없는 얼굴로 쓴웃음 짓고 크게 한숨을 내쉬었다.

불손하다고도 할 수 있는 반응에 하야토가 "……뭐야"라며 미간에 주름을 지어도, "딱히─?"라며 명백하게 무언가 의미심장한 표정이 돌아올 뿐.

하지만 그것도 한순간이었다. 하루키는 문득 턱에 검지를 대고, 무언가 떠올랐다는 듯 "아!"라며 목소리를 높이며 히죽 평소의 짓궂은 미소를 지었다.

"여자애 하니까, 사키는 꽤나 가슴 크지."

"뭐?!"

"아무리 그래도 미나모 정도는 아니지만, 아까 은근슬쩍 만진 느낌으로는, 우리 반 안에서도 무척 상위, 응~, 나보다도 두 사이즈는 위 아닐까?"

"으엉?! 어— 그게, 저기, 글쎄…… 아니, 사키한테 뭘 한 거야?!"

"후히히."

문득 사키의 그것은 어땠는지 떠올리려다가, 황급히 발칙한 그 생각을 몰아내려고 머리를 내저었다.

사키와는 동생의 친구, 친구의 오빠라는 가깝고도 먼 사이——였기에, 이제까지 그런 눈으로 보려고 하지 않았다. 상대도 그러지 않았다.

하지만 최근에는 상황이 점점 바뀌고 있다. 그것도 급격하게.

얼굴을 마주하는 횟수, 대화를 거듭하는 빈도가 이제까지와 비교할 수 없을 만큼 늘어나고 있으니까. 그리고 이제까지 본 적이 없었던 다양한 일면을 보고 두근거릴 때도 많아져서, 묘한 의식을 하는 건 피하고 싶다.

하야토는 미간에 주름을 지은 채, 복잡한 표정으로 두 번째 닭튀김 꼬치를 먹었다.

그러다가 하루키의 시선이 닭튀김 꼬치에 쏠려 있는 것을 깨달았다.

"……하루키?"

"아침, 그거로 했구나?"

"아니, 이거랑은 따로 초코데니시빵도 샀어. 원래 이건 살 생각은 없었는데, 앞에 서 있던 사람이 사는 거 보니까 맛있을 것 같아서 그만 낚여버리는 바람에."

하야토가 조금 부끄러운 듯 그렇게 대답하자 하루키도 비슷한 표정을 지었다.

"호오…… 나, 핫스낵 종류는 산 적 없거든."

"응? 어째서?"

"계산대 앞에 있으니까 어떤 걸 살지 진득하게 고르기도 힘들고, 점원한테 말을 거는 건 거북하고."

"흐음, 의외네. 꽤 괜찮은데. 하나 먹어볼래?"

"…………어?"

하야토가 먹던 꼬치를 내밀자, 하루키는 눈을 끔벅거리며 하야토와 꼬치를 교대로 바라봤다.

의외라는 얼굴이었다. 이야기의 흐름이 이런데 안 줄 거라고 생각이라도 한 걸까?

'식탐 가득한 히메코도 아니고……'

항의의 의미도 담아서 떨떠름한 표정을 짓자, 하루키는 황급히 눈앞의 닭튀김 꼬치를 빼먹었다.

"응, 생각보다 튀김옷이 바삭바삭해. 맛도 잘 배었고, 무엇보다도 따뜻한 게 좋네."

"하핫, 그렇지?"

하야토는 맛있게 먹는 하루키를 제쳐놓고 남은 꼬치를 먹어치웠다.

그러자 하루키는 그 타이밍을 잰 것처럼 한 걸음 앞으로 나왔다. 그리고 손을 뒤로 깍지 낀 등 너머로, 어딘가 토라진 것 같은 목소리로 중얼거렸다.

"하야토는 있지, 나를 여자로 보진 않는 거지?"

"허?"

"간접 키스."

"윽?! 어, 아니, 이건 그게…….'"

하루키의 지적에 처음으로 그 사실에 생각이 이르러, 무심코 가슴이 두근 뛰었다. 걸음이 멈췄다.

손에 든 꼬치를 바라보며, 옛날에는 자주 라무네를 돌려 마셨다든지 화과자나 아이스크림도 자주 같이 먹었다든지, 다시금 그런 것들을 떠올렸다. 그러나 그것은 그 **하루키**였지 지금의 하루키가 아니다.

사고가 빙글빙글 헛돌고, 생각하면 생각할수록 얼굴이 열기를 띠었다. 늦더위를 쨍쨍 흩뿌리는 태양이, 두 사람 사이에 흐르는 무어라 형용할 수 없는 둥실둥실한 공기를 그을렸다.

"노, 농담이야!"

이윽고 이 분위기를 더 이상 견딜 수가 없었는지, 하야토와 마찬가지로 귀까지 새빨갛게 물들인 하루키가 고개를 돌렸다. 그리고 이것으로 끝이라는 듯 혀끝을 날름 내밀었다.

"부끄러워할 거라면 처음부터 하질 마!"

"아니—, 내 안의 무언가가 여기선 템플릿을 지켜야지, 하고 속삭여서."

"······정말이지."

하야토도 그에 이끌려 얼굴을 마주 보고, 옛날 장난이 들켰을 때 짓던 표정으로 아하하 웃었다. 그리고 둘은 다시금 학교를 향해 걸었다.

교문을 지나자 운동장 쪽에서 운동부 아침 연습의 구령이 들렸다.

진학교이기도 해서 딱히 부 활동에 힘을 쏟는 것은 아니다.

그래도 다들 하나가 되어 좋아하는 일에 매진하는 모습은 반짝반짝 빛나고 있었다.

"니카이도, 안녕―! 잠깐 괜찮을까―?"

"아! 안녕하세요, 선배. 저기, 무슨 일인가요?"

그때 등 뒤에서 기세 좋게 다가온 여학생이 활기찬 목소리로 말을 건넸다. 반사적으로 하루키에게서 다부진 분위기가 감돌고, 학교에서 의태하고 있는 우등생 모드로 바뀌었다.

돌아보니 그곳에 있는 건 몇 번인가 하루키에게 용건을 가져온 적이 있는 2학년 선배.

방해가 되지 않도록 하야토는 살며시 한 걸음 거리를 벌렸다.

"조금 이른 이야기 같기도 하지만, 다다음달 문화제에 맞춰서 조금씩 도와줬으면 하는 게 있거든. 오늘 점심시간, 괜찮을까?"

"예, 괜찮아요 시라이즈미 선배. 하지만 저——."

"와, 고마워! 학생회실에서 기다릴 테니까!"

"——아."

그러더니 시라이즈미 선배는 무언가 말하려고 하던 하루키를 두고 종종걸음으로 떠났다.

어수선한 사람이었다. 남겨진 두 사람은 얼굴을 마주 보고 쓴웃음.

"나, 부 활동 들어갔다고 말할 생각이었는데 말이지."

"뭐, 어쩔 수 없지. 우리도 화단 쪽으로 갈까."

"그러네."

학교 뒤뜰에 있는 원예부 화단으로 향했다.

인기척은 없고, 햇빛은 양호.

그곳에는 하프 업으로 묶은 동글동글한 곱슬머리가 팔짝팔짝 바쁘게 흔들리고 있었다.

이쪽으로 다가오는 하야토와 하루키를 알아차린 미나모는 작업하던 손길을 멈추고 고개를 들었다.

"하야토 씨, 하루키 씨!"

"안녕—, 미나모. 오늘도 그 헤어스타일이구나?"

"예, 아직 조금 부끄럽다고 할까, 반 아이들이 놀릴 때도 있지만…… 이상하진 않나요?"

"아니, 전혀! 전보다도 잘 어울리지, 하야토?"

"응, 이전에도 말했지만 산뜻해서 예쁜 데다 품위가 있어."

"아으으~."

두 사람의 칭찬에 미나모는 머리에서 김을 뿜으며 고개를 숙이고, 검지로 머리카락을 한 떨기 빙글빙글하며 수줍어했다.

새 학기가 된 뒤로 미나모는 헤어스타일을 하야토의 어머니 마유미가 자주 만들어주던 것으로 바꾸었다.

아직 익숙하지 않은지 조금 부끄러워하는 모습이 귀엽다. 무심코 두근대고 만 하야토가 황급히 시선을 피했더니 어딘가 재미있다는 표정의 하루키와 눈이 마주쳐서, 얼버무리듯이 머리를 긁적이고 화제를 바꾸었다.

"어, 요전에 심은 감자 순을 따주고 있었구나. 도와줄게, 미나모."

"아, 나도!"

"고마워요!"

이랑에는 같은 간격으로, 몇 개씩 뭉친 싹이 비죽비죽 얼굴을 내밀고 있었다.

그것들 중 두껍고 큰 것을 한두 개 남기고 뽑았다. 한 손으로 그루터기의 뿌리 쪽 지면을 누르고 모조리 솎아내는 것이 약간의 요령이었다.

그 사실을 가르쳐주고 분담해서 순을 따다가, 문득 하루키가 "아, 그렇지!"라며 무언가를 깨달은 듯 목소리를 높였다.

"할아버지 곧 퇴원하신다며? 잘됐네, 미나모!"

"예!"

그런 대화를 나누는 사이, 분담해서 진행한 순 따기가 끝났다.

후우, 손등으로 이마의 땀을 훔치자 묘한 표정의 하루키가 시야에 들어왔다.

"왜 그래?"

"아니, 뽑아낸 싹이 조금 아깝고 가엾다 싶어서."

"아하하, 그건 그래요. 영양분을 제대로 주기 위해 어쩔수 없다는 건 알지만요……."

"그렇다면 다른 곳에 심어볼까? 원래 있던 것 정도는 아니지만 충분히 자라거든."

""어?!""

하루키와 미나모는 놀라더니, 얼른 모종삽을 한 손에 들고 이랑의 비어 있는 장소로 향했다.

하야토는 쓴웃음 지으며 작물을 심을 때에 사용하는 비료를 가지러 갔다.

모종삽으로 구멍을 파고, 거기에 비료를 뿌리고는 흙을 덮고, 선별한 싹을 심었다. 그렇게 수가 많지는 않기도 해서, 셋이서 분담해서 심으니 금세 작업이 끝났다.

"이걸로 됐어. 자, 끝."

"이거 정말로 자라는 걸까요?"

"음~, 오늘 방과 후에는 그냥 바싹 마른 것처럼 될 거야. 그래도 이 녀석들은 튼튼해서 의외로 뿌리가 뻗거든. 뭐, 씨

감자가 있는 녀석보다는 작을 테지만."

"그렇구나. 잘 아네, 하야토."

"사실은 옛날에 아깝다고 시험해본 적이 있어서."

"호오…… 하야토 씨, 역시 장래에는 농업과 관련된 길을 가는 건가요?"

문득 미나모가 그런 질문을 던졌다.

한순간 움찔, 뺨이 굳어지는 것을 느꼈다.

그리고 전날, 하루키가 츠키노세로 돌아가느냐고 물은 것을 떠올렸다.

"으—음, 그건 생각해본 적도 없었어. 우리 집은 딱히 농가도 아니고, 그저 그런 걸 건드려볼 기회가 많았을 뿐이라서……."

"그런가요? 아, 비료 같은 건 제가 정리해둘게요."

미나모는 하야토와 하루키의 가방으로 흘끗 시선을 건네고, 도구를 모았다.

별것 아닌, 그저 잡담의 연장선으로 건넨 말이었을 것이다. 그것으로 이야기는 끝이라는 듯 총총히 떠났다.

"그럼, 우리도 갈까."

"응."

가방을 들고, 함께 학교 뒤뜰에서 정문으로 향했다.

그 도중에 보이는 것은, 아침 훈련이 끝나고 학교나 부실 건물로 빨려 들어가는 수많은 체육복들.

운동장에서는 야구, 축구, 육상, 테니스.

체육관에서는 농구에 탁구, 배드민턴.

다들 다양한 부 활동에 청춘을 바치고 있었다.

그런 그들 사이에 문득 카즈키의 모습이 보였다. 같은 축구부원들과 담소를 나누며 부실로 향하고 있었다.

그의 표정에는 상쾌함을 머금은 기쁨이 드리워 있었다. 틀림없이 그만큼 축구 자체를 좋아하는 것이리라.

——카즈키는 장래에 축구 선수가 될 생각일까?

문득 그런 생각을 하고, 금세 부정하듯 고개를 내저었다.

이 학교는 진학교이지 스포츠 강호가 아니다.

축구부도 인터하이 지구 예선 2회전에서 건투한다면 충분하다고 들었다.

카즈키가 잘한다고 해도 그것은 어차피 평균적인 고등학생과 비교해서 위라는 정도. 프로에서 통할 레벨이 아니다. 그런 사실은 본인도 알고 있을 것이다.

그렇다, 하야토의 농업 지식과 마찬가지.

틀림없이 장래에는 다른 수많은 학생과 마찬가지로 진학하고, 어딘가에 취직할 터.

애초에 그런 미래의 일은 아직 깊이 생각하고 있지도 않을 것이다. 하야토는, 장래의 자신이 어떻게 되어 있을지조차도 상상할 수 없었다.

사람은 변해버린다는 사실을 알고 말았기에 더더욱.

옆을 걷는 하루키에게 흘끗 시선을 향했다.

일찍이 어깨를 나란히 하던 위치에는 머리가 있고 가마가 보이고, 그곳에서 길고 찰랑찰랑한 흑발이 뻗어 있었다. 몸을 감싼 여자 교복에 늘씬한 팔다리. 매끈매끈한 피부도 아름다웠다.

변해버린 것은 겉모습만이 아니었다.

츠키노세에서 하루키가 노래했을 때를 떠올렸다.

모두가 말도 없이, 하루키가 만들어낸 세계에 삼켜져서 매료되어 있었다.

능숙한 노래나 안무를 할 줄 안다는 사실은 노래방에서 알고 있었다.

하지만 그것은 이미, 가족끼리 즐긴다든지 그런 차원이 아니다.

그건 하루키의 **특기**다.

그야말로 프로의 세계에서도 통할 정도로.

──타쿠라 마오.

현대를 대표하는 대배우 중 한 사람.

그녀의, 사생아.

아아, 그랬지. 그렇게 납득하는 자신이 있었다.

하루키는 대체, 장래에는 무엇이 되는 것일까?

그런 생각을 하자, 문득 등줄기에 얼음을 밀어 넣은 것처럼 오싹해서 몸을 떨고 말았다.

걸음이 멈췄다.

바로 옆에 있을 터인 하루키가 무척 멀게 느껴졌다. 무언가를 확인하고자 손이 움찔 움직이고──.

"하야토, 왜 그래?"

조금 앞서가는 하루키가 어리둥절한 표정으로 돌아왔다.

한순간 놀랐지만, 뻗으려던 손으로 무언가를 얼버무리듯이 머리를 만졌다.

"! 어, 아니 그게, 카즈키가 보이는구나 해서."

"……카이도?"

하루키가 명백하게 기분 나쁜 목소리로 바뀌었다. 입술을 삐죽였다.

깜짝 놀란 하야토는 황급히 말을 꺼냈다.

"뭐라고 할까, 운동부였다면 하루키랑 같이 부 활동은 못 했겠구나 싶어서."

"응? ……아―, 그러네."

"그렇지?"

운동장에 있는 것은 남녀로 나뉜 채 이동하는 아침 훈련을 마친 운동부 학생들.

고등학생 정도 되면 남자와 여자는 체격이 명백하게 달라서, 남녀로 나뉘는 것도 당연했다.

하루키는 무어라 형용할 수 없는 표정으로 자신의 모습과 하야토의 모습을 비교하고, 그리고 "그러게"라며 애매하게 웃었다.

현관은 많은 학생을 집어삼키고 있었다.

하야토와 하루키도 그 흐름을 타 신발장에서 실내화로 갈아 신은 뒤 교실로 이어지는 복도로 나왔다.

　그러자 눈앞에, 기억에 있는 늘씬하니 키가 큰 여자의 모습이 보였다. 이사미 에마와도 자주 함께 있는, 농구부 소속인 같은 반 아이였다. 아침 훈련을 마치고 돌아가는 것일까, 체육복 차림으로 무언가 무거워 보이는 골판지 상자를 옮기고 있었다.

　"응? 저건……."

　"우리 반에 농구부인……."

　"잠깐 다녀올게."

　"아, 하야토!"

　재빨리 그녀 곁으로 달려간 하야토는, 그 상자를 훌쩍 들어 올렸다. 그다지 크지 않은 겉모습과 달리 묵직한 느낌이 손으로 전해졌다.

　"내가 들게. 아니, 꽤 무겁네. 뭐가 든 거야?"

　"키, 키리시마 군?! 저기, 옛날 시합 자료라든지, 그런 게 이것저것."

　"종이구나. 어디로 가져가는 건데?"

　"어, 그게, 자료실. 인쇄실 옆에 있는 곳인데……."

　"아, 거기. 건물 북쪽 끝인가…… 영, 차!"

　여기서는 무척 거리가 있는 곳이었다. 상자를 다시 고쳐 들고, 기합을 넣고 목적지로 걸음을 옮겼다.

　그러자 잠시 후, 등 뒤에서 타박타박 발소리 두 개가 들렸다.

"아, 아니야 키리시마 군! 우리 부 활동 관련 물건이고, 그 거 꽤 무겁잖아?!"

"괜찮아괜찮아. 게다가 이거, 양파랑 감자 정도는 아니 니까."

"하, 하지만……."

"으—음, 이런 게 습관이거든. 시골에선 이럴 때 보고도 못 본 척했다간, 순식간에 소문이 퍼져서 뒤로 손가락질당 하니까."

"후훗, 이럴 때의 하야토 군은 고집쟁이니까 포기하는 편 이 나아요."

"니, 니카이도. 그, 그렇구나……."

어딘가 미안하다는 표정을 짓는 그녀. 하루키는 그런 그 녀를 달랬지만, 흘끗 이쪽으로 향하는 표정은 어딘가 어이 없다는 얼굴이었다.

그래도 이건 오랜 세월 몸에 밴 성격이니까 어쩔 수 없다.

그리고 셋이 나란히 걷다가 문득 위화감을 느꼈다.

뭘까 싶어 하루키를 본 뒤 그녀에게 시선을 던졌다.

하야토의 시선을 받은 그녀가 조금 부끄럽다는 듯 몸을 비틀었다.

"저, 저기……?"

"아, 혹시 앞머리 잘랐어?"

"어?! 잘도 알았네?!"

"뭔가 어제까지보다 깔끔하고 밝은 느낌이 들어서. 어울리네."

"고, 고마워……."

"흐—응, 하야토 군, **또** 여자를 꼬시는 건가요?"

"아, 아니야! 히메코—— 동생이 그런 부분에 까다로워서, 못 알아차리면 기분이 상하니까. 그래서."

"그렇군요, 동생분에게 조교당한 결과라."

"야, 표현 좀 가려!"

"치—잇."

"……품, 아하하하하하핫!"

그런 두 사람의 대화를 보고 그녀는 우습다는 듯 웃음을 터뜨렸다. 이번에는 하야토가 부끄러워서 몸을 비틀 차례였다.

그리고 그녀는 하야토와 하루키의 얼굴을 교대로 쳐다보고, 조금 놀리듯 말을 꺼냈다.

"키리시마 군은 있지, 정말로 세세한 곳에서 배려하고, 아무렇지도 않게 도와주는 구석이 있잖아?"

"어, 그런가? 보통 아냐?"

"그 보통이 가능한 사람이 좀처럼 없다는 거야. 키리시마 군은 여자들 사이에서 은근히 평가 높다고—? 지금 일도 그렇지만, 요전에도 자기 바느질 세트로 무기가 입고 있던 카디건 단추를 고쳐줬잖아. 그때는 그런 걸 가지고 다니느냐며 엄청 화제였다고—."

"아니, 다들 가방 안에 넣고 다니는 거 아냐? 소매가 터지

거나 양말에 구멍이 뚫렸을 때, 바로 고칠 수 있어서 편리하니까."

"하아…… 그렇게 엄마같이 구는 건 하야토 군밖에 없어요. 여자들조차 거의 안 가지고 다니는데 하물며 남자가 그런다니, 정말로 들어본 적도 없어요."

"아하하, 확실히 키리시마 군은 엄마 같은 느낌이 있을지도! 아, 혹시 사탕 같은 거 갖고 다니진 않아?"

"있어, 사실 아까 편의점에서 사 왔는데. 먹을래?"

"아핫, 아하하하하하핫, 역시 엄마다! ……아, 도착했네."

그러는 사이에 자료실에 도착했다.

그녀는 재빨리 손이 막힌 하야토를 대신해서 문을 열고, 안으로 스르륵 들어갔다. 그리고 난잡하게 책꽂이가 여럿 놓여 있는 방 안을 망설임 없이 나아가서, 어느 빈 공간을 가리키며 손짓했다. 하야토는 그곳에 상자를 놓았다.

"영차, 이걸로 됐어?"

"응, 충분해. 덕분에 살았어."

"천만에."

하야토는 싱긋 미소 지은 뒤, 이것으로 역할은 끝났다는 듯이 손을 흔들고는 재빨리 자료실을 뒤로했다.

복도로 나온 참에 그녀가 "으~응" 하고 신음하며 하야토와 하루키의 얼굴을 보았다. 그리고, 조금 곤란하다는 표정으로 애써 아무렇지도 않은 듯 중얼거렸다.

"키리시마 군은 있지, 니카이도랑 가깝지 않다면 꽤 인기 있었을지도—."

"어?" "허?"

얼빠진 목소리가 둘 겹쳤다.

그녀는 그런 두 사람을 보고 눈가에 미소를 그리더니 몸을 돌려 총총히 떠났다.

"그럼 나, 부실에 보고하러 갈게!"

뒤에 남겨진 두 사람은 잠시 어안이 벙벙했지만, 이윽고 정신을 차린 하루키가 의아하다는 듯 하야토를 둘러봤다.

"하야토가 인기, 라⋯⋯?"

"⋯⋯뭔데."

"딱히—?"

그리고 무어라 형용할 수 없는 분위기 가운데, 하야토는 수줍은 듯 머리를 긁적였다.

교실에 왔더니 여자들 몇 명이 모여서는 무언가 수다를 떨고 있었다.

"역시 가을 옷은 레퍼토리가 늘어나는 게 좋지!"

"여름이랑 다르게 외투나 부츠 같은 아이템도 늘어나니까 제대로 신경 쓰고 싶어!"

"이번 여름에 다이어트 성공했으니까 신규 개척도 해보고 싶단 말이야—."

"그보다도 MOMO 스타일 장난 아니지?"

"하아, 아이리는 뭘 입어도 어울리는 거 반칙이야⋯⋯."

"이번 인터뷰 기사에, MOMO가 인터넷으로 벨트 주문했는데 게가 왔다던 거 완전 웃기던데!"

"그걸 아이리가 죄다 게살 크림 크로켓으로 만들었다는 것도 웃기지."

아무래도 잡지를 중심으로 가을 옷 이야기를 하는 모양이었다.

아이리라는 단어에 미간을 움찔하다가 전날 히메코도 가을 옷이 어쩌고 그랬던 것을 떠올리며, 자기 책상에 가방을 놓았다.

그러자 거의 동시에 여자 그룹에서 수다를 떨던 이사미 에마가 하루키 곁으로 다가갔다.

"있잖아, 니카이도는 가을 옷 어떻게 할 거야?"

"어?"

"니카이도는 스타일도 좋으니까 뭐든 어울릴 것 같아."

"저, 저기 그게……."

갑자기 이야기가 날아들어 곤혹스러워하는 하루키.

이런 화제는 아직도 여전히 거북한지 시선을 헤매며 도움을 청하듯 이쪽을 봤지만, 하야토도 딱히 할 수 있는 일이 없어 작게 어깨를 으쓱여 답할 뿐이었다.

"아, 니카이도! 있지있지, 이 중에 니카이도가 고른다면 어느 걸로 할래?"

"그보다 니카이도가 보기에 나한테 어울리는 건 뭐라고 생각해?"

"와, 그거 신경 쓰여—!"

그리고 이사미 에마에 이어서 다른 여자들도 다가와서는 놓치지 않겠다며 하루키를 둘러쌌다.

그녀들에게 붙잡힌 하루키는 마스코트처럼 희롱당하며, 이따금 "미얏?!" 하고 울음소리를 높였다.

마음속으로 합장하고 쓴웃음을 흘린 하야토 옆으로 이오리가 손을 팔랑 들며 다가왔다. 카즈키도 함께였다. 아침 훈련 탓에 피부가 조금 상기되어 있었다.

"여, 오늘은 조금 늦었네."

"어, 조금 늦잠을 자서."

"그 무녀님한테 답례를 생각하느라 밤이라도 샜어?"

"아니야. 하지만 그것도 아직이구나…… 어떻게 할지."

"계속 질질 끌다가는 타이밍 놓친다?"

"으윽."

하야토가 말문이 막히자 카즈키와 이오리가 놀리듯 웃음을 터뜨렸다.

최근에 이오리와 카즈키에게는, 츠키노세에서 감기로 쓰러졌을 때에 신세를 진 사키에게 답례할 방법에 대해 상담을 청했다. 하지만 아직 묘안은 떠오르지 않았다. 생일 선물을 받기도 했기에 허들이 올라가 버린 느낌도 들어서, 더더욱 고민스러웠다.

마침 그때 예비종이 울렸다.

이야기는 여기서 끝이라며 마무리하고, 주위도 각자 자신의 교실이나 자리로 돌아갔다.

하야토도 자기 자리에 앉아서, 옆에서 자기 자리로 도망쳐서는 가슴을 쓸어내리는 하루키를 보고 무어라 말할 수 없는 한숨을 내쉬었다.

점심시간이 되었다.

종소리와 함께 교실은 금세 소란스러워지고, 수업에서 점심시간의 모습으로 덧칠되었다.

하야토가 교재를 정리하며 오늘 점심은 어떻게 할지 생각하던 참에, 옆자리의 하루키가 슥 일어섰다. 그러고 보니 학생회 용건을 부탁받았었지. 황급히 뒤를 쫓으려 일어섰다.

"아침에 부탁받은 그거야? 나도 도와줄게, 얼른 끝내자."

"하야토 군…… 예, 부탁할게요!"

교실에 다른 사람의 시선이 있어서 그런지 우등생 모드로 대답하는 하루키에게 쓴웃음 짓는데, 복도 쪽에서 몹시 크게 부르는 소리가 들렸다.

"니카이도 있나?!"

교실 앞에 있는 것은 머리카락을 금색으로 물들이고 교복을 칠칠치 못하게 대충 입은, 어딘가 거만한 태도로 우쭐대는 남학생. 실내화 색깔로 2학년이라는 것은 알 수 있지만 당연하게도 얼굴은 기억에 없었다.

그것은 하루키도 마찬가지인지, 아는 사이냐고 시선을 던져도 절레절레 고개를 내저을 뿐.

그다지 엮이고 싶지 않은 인종이지만 지명이 된 이상 무시할 수도 없다.

하루키는 다시금 평소의 우등생 가면을 쓰고 그 앞으로 나섰다.

"저한테 용건이라도?"

"어—…… 그게, 됐으니까 이쪽으로 와."

"꺅!"

그러자 그는 억지로 하루키의 손을 당겼다.

휘청대고 넘어질 뻔하며 끌려가는 하루키.

갑작스러운 일에 주위 사람들이 깜짝 놀랐다.

어딘가 긴박한 분위기 가운데, 뿌리치려고 해도 그러지 못하고 그대로 끌려가는 하루키를 본 하야토는 순식간에 머리가 끓어오르고 말았다.

"윽, 하루키!"

정신이 들자 반사적으로 뛰어나가, 그를 떠미는 것 같은 모양새로 억지스럽게 하루키를 떼어내고 등 뒤로 감쌌다.

"야, 뭐 하는 거야!"

"그건 내가 할 말이다!"

그는 그런 말과 함께, 방해를 한 하야토를 노려보며 멱살을 움켜잡았다.

힘도 강하고 박력도 있어서 위축되어버릴 것만 같았다.

하지만 뒤에 있는 것은 조금 전에 끌려갈 뻔했던 하루키. 그 사실을 생각한다면 겁먹을 수는 없었다.

배에 힘을 넣고, 자신도 노려봤다.

"비켜! 니카이도한테 할 얘기가 있다고!"

"그럼, 여기서 말해!"

"칫…… 어이가 없네, 네가 뭔데!"

"하루키는 내 소중한 **친구**야!"

"웃!"

필사적으로 외쳤다.

무언가 양보할 수 없는 것이 있었다.

그러자 그때, 등 뒤에서 스읍 숨을 들이마시는 소리가 들리고──.

"저기, 괜찮을까요?"

의연한 목소리가, 하야토와 그가 발하는 험악한 분위기를 찢어발겼다.

존재감 있는 목소리였다. 그 한마디로, 주위가 적막으로 덧칠되었다.

무심코 그도 손을 놓았다. 시선이 하루키에게 모였다.

하야토에게서도, 그에게서도. 물론 복도나 교실에 있는 주위의 모두에게서도.

모두가 마른침을 삼키며 지켜보는 가운데, 하루키는 청초하고 단아한 미소를 지은 채 한 걸음 앞으로 몸을 움직이고 노래하듯 말을 꺼냈다.

"저를 좋아해줘서 고마워요. 하지만, 미안해요. 저는 선배 같은 사람, 조금 생리적으로 무리예요."

"윽?!" "뭐, 어…… 아……?!"

그리고 갑자기 그를 찼다.

지독한 말과 함께, 생글생글한 미소로.

대체 그가 하루키에게 무슨 용건이 있었는지는 모른다.

하지만 그 말로, 하루키에게 고백한 그가 지독하게 차였다는 상황이 만들어졌다.

──전부, 하루키의 연기(계산)대로.

하루키는 말을 어물거리며 뒷걸음질 치는 그에게, 그런 거 알 바냐는 듯 추가타를 날렸다.

"머리 색도 품위가 없고, 짤랑짤랑하는 피어스도 별로고, 꾸밀 생각인지 대충 입은 교복도 칠칠치 못할 뿐이에요. 그리고 요즘 시대에 바지를 질질 끄는 것도── 실례, 그건 그냥 짧은…… 미, 미안해요."

"뭐, 너 인마……?!"

"뭔가 억지로 밀어붙여야 여자가 기뻐한다고 생각할 것 같아." "꼭 있지. 여름방학에 괜히 신나서 묘하게 착각하는 사람." "우와, 다리 저거 진짜, 니카이도 신랄하네…… 쿡쿡." "애초에 외모부터 어울리지도 않고, 대체 무슨 생각일까?"

주위에서도 경멸, 연민, 혐오의 기색이 섞인 속삭대는 소리나 시선이 그에게 박혔다. 그의 얼굴이 수치심으로 점점 붉어졌다. 모든 것이 하루키의 손바닥 위였다.

"~~~~으, 누, 누가 이런 여자──."

그는 화풀이로 하루키를 붙잡으려고 했지만, 이번에는 그

움직임을 예측하고 대비하던 하야토가 얼른 하루키의 손을 끌어당겼다. 그의 손이 공허하게 허공을 갈랐다.

"가자, 하루키. 점심 안 놓치게 얼른 마치자고."

"! 아, 네, 하야토 군!"

"──기, 기다려."

그에게는 더 이상 용건이 없다는 듯 시선도 주지 않고 학생회실로 걸음을 옮겼다.

쿡쿡, 등 뒤에서 들끓는 그를 비웃는 목소리. 작은 목소리로 하루키가 "나이스 어시스트, 하야토!"라고 하자 하야토도 "그래, 파트너!"라고 답했다.

총총히 그 자리를 떠나고 잠시 후.

이윽고 주위에 인기척이 사라졌을 무렵, 문득 하루키가 별것 아니라는 듯 속삭였다.

"음~ 하야토는 있지, 역시나 가끔 억지스럽구나."

"그런가? 어, 아니 그래도 아까 그건……."

"하지만 그게 자못 당연하다는 느낌으로, 오늘 아침에도 그렇고 넌지시 많은 곳에서 도와주고는 하니까──. 어쩌면 그런 부분에 반해버리는 여자애가 있을지도."

"……하루키?"

무심코 걸음을 멈췄다.

고개를 돌려, 어떤 의도가 있는지 바라봤다.

"갑자기 뭐야?"

"글쎄, 뭘까?"

하루키는 조금 곤란하다는 표정으로 애매한 미소를 지었다.

제 3 화

올곧고, 솔직한 말

수업 끝을 알리는 종소리가 울렸다.

교실만이 아니라 학교 전체가 소란에 휩싸이고, 지루한 수업으로부터의 해방을 노래했다.

하야토는 노트랑 교과서를 가방에 넣고 학교를 나설 준비를 하다가, 스마트폰에 메시지가 온 것을 깨달았다.

『병문안 약속 말인데, 이쪽이 먼저 끝날 테니까, 고등학교 견학도 겸해서 그쪽으로 갈게요.』

사키가 보낸 메시지였다. 오늘 아침에 부탁받은 건 얘기다.

그때 옆에서 가볍게 소매를 꾹 당겼다.

"하루키?"

"사키한테 메일 왔지?"

"응."

스마트폰을 한 손에 든 하루키와 눈이 마주치자 쓴웃음 지으며 작게 끄덕였다. 아무래도 하루키한테도 사키의 메시지가 왔나 보다. 그룹 채팅방을 사용하지 않은 것은 히메코에 대한 배려일 것이다.

누가 먼저라고 할 것도 없이 함께 현관으로 향하자, 술렁대는 목소리가 들렸다.

"와, 쟤 엄청 귀엽지 않아?!"

"피부 하얘! 저 교복은 근처 중학교 건가?"

"누굴 기다리나? 혹시 남친?"

"야, 너 말 좀 걸어봐."

"아니아니, 수준이 너무 높아 보여서 좀…… 게다가 난 연상이 취향이니까!"

그들의 시선은 모조리 교문 쪽으로 향하고 있었다.

그곳에 있던 것은 많은 시선을 모으고 불안한 표정으로 어쩔 줄 몰라 하는 사키였다. 아무래도 상상 이상의 주목을 모으는 바람에 주눅이 든 모양이었다.

그것을 보고 무심코 하루키와 얼굴을 마주 보며 쓴웃음.

"하야토, 역 앞에서 합류할까."

"응, 알았어."

그리고 하루키는 한 손을 흔들며 사키 곁으로 달려갔다.

"안─녕, 사키─."

"아, 하루키 씨!"

하루키의 모습을 알아차린 사키도 표정이 확 밝아지며 달려와서 꽈악 손을 맞잡았다. 아름다운 외모의 소녀가 둘, 꺄아꺄아 기쁜 듯 무언가를 이야기하며 미소를 꽃피우는 모습은 흐뭇해서 보는 쪽도 뺨이 풀어졌다.

만약 하야토가 이런 여러 사람들 앞에서 저 두 사람 사이로 들어간다면 아비규환의 대소동이 벌어질 것은 상상하기 어렵지 않으리라. 그렇게 생각하자 가슴이 조금 답답했지만 이것만큼은 도저히 어쩔 수 없었다.

그때 하루키가 갑자기 이쪽을 돌아보고 손을 흔들었다. 그 얼굴이 어딘가 평소의 짓궂은 미소를 짓고 있는 것 같았다.

그러자 현관의 모두가 """"오오!""""라며 술렁거렸다.

그리고 사키와도 눈이 마주쳤다.

사키도 수줍어하며 손을 흔들자 주위는 더욱 끓어오르고, 잠시 후 둘은 함께 떠났다.

뒤에 남겨진 하야토는 "니카이도랑 나란히 있으니까 그림이 되네!" "후배인가? 그 사이로는 못 들어가!" "백합 사이에 끼는 남자는 용서 못 해!"라는 말이 오가는 가운데, 입가가 굳어졌다.

그때 누군가 어깨를 툭 두드렸다.

돌아보니 카즈키가 여어, 라며 한 손을 들고 있었다.

체육복 차림인 걸 보아 부 활동을 가는 참이었을 것이다.

"귀여운 애였지, 하야토 군. 혹시 저 애가 그 무녀님이야?"

"그래, 오늘 용건이 좀 있어서 만나기로 했거든."

"호오, 그래서 굳이 마중을 와줬다고."

"아니, 우리 고등학교를 지망한다고 견학 겸 보러 왔다가…… 이렇게 됐네."

하야토가 어깨를 으쓱이며 술렁거리는 주변으로 시선을 향하자, 카즈키는 이상하게 싱글싱글하는 표정으로 입을 열었다.

"으—응, 그것뿐일까?"

"카즈키?"

"사실, 한시라도 빨리 하야토 군이랑 만나고 싶었다든지."

"…………허?"

무심코 얼빠진 목소리가 나왔다.

사키가 굳이 만나러 오다니, 생각도 해본 적 없는 일이었다. 애당초 이제까지 교류가 없었고, 자주 대화를 나누게 된 것은 지극히 최근의 일이었다.

영문을 모르겠다는 표정으로 빙글빙글 생각이 복잡하게 뒤얽힌 사이, 갑자기 카즈키가 아하하 목소리를 높이고는 우습다는 듯 웃었다.

"카즈키! 이 자식."

그제야 놀림을 당했다고 깨달은 하야토가 얼굴을 새빨갛게 물들이며 손을 뻗었지만 훌쩍 피해버렸다.

"이런, 나는 부 활동 다녀올게. 하야토 군, 또 봐!"

"어, 야! ……정말이지."

그리고 허공을 헤매는 그 손으로, 뜨거워진 머리를 긁적였다.

역 앞에 있는 자그마한 상점가의 입구, 그곳에서 하루키와 사키가 기다리고 있었다.

두 사람의 모습을 발견한 하야토는 한 손을 들며 합류했다.

"음, 기다렸지. 사키는 터무니없는 재난을 만났네."

"아하하, 히메가 왔을 때도 꽤나 떠들썩했지—."

"역시 중학생이 오면 눈에 띄는 걸까요……."

"음~, 그러고 보니 이제까지 다른 학교 사람이 모습을 보인 적은 없구나."

"반대로 생각해봐. 혹시 우리가 사키네 중학교에 가서 기다린다면 무슨 일이냐며 소란이 벌어지지 않겠어?"

"아, 확실히. 게다가 저희 쪽은 사람이 많으니까 요란스러운 사람도 많아지겠네요. 이 역 앞도, 사람들이 엄청 많고……."

그러면서 사키는 역 앞 상점가로 시선을 향했다.

역사를 중심으로 낮은 빌딩들이 늘어서 있고, 아담한 음식점, 카페, 선술집, 편의점, 빵집, 서점, 부동산에 세탁소, 회계사무소 같은 다양한 체인점이나 개인 상점이 모여 있어서 어지간한 일이라면 어느 정도 이곳에서 해결할 수 있을 듯했다. 그것을 증명하듯 역사에서 쏟아져 나온 사람들이 귀가 중에 여러 가게를 이용하며 시끌거렸다.

그것을 본 사키는 눈을 끔벅거리며 절실하게 말했다.

"후아, 역 앞에는 처음 왔는데, 사람들이 엄청나게 많네요……."

"응, 이 시간대는 평일에도 특히 그래. 나도 용건이 없으면 거의 안 오거든……. 인파에 취할 것 같으니까."

"아하하, 저도 알겠어요. 하루키 씨는 어떤가요?"

"응? 나는 가끔씩 왔어. 규동 체인점이 애니메이션이랑 자주 콜라보를 하니까!"

"하루키……." "아, 아하하……."

안타까운 이유로 웃음을 이끌어 내는 하루키.

그러다가 하야토는 어라? 라며 고개를 갸웃거렸다.

"왔었어, 라는 건 최근에는 안 오는 건가."

"지금은 하야토네 집에서 먹을 때가 많아졌으니까."

"아—…… 다음에 콜라보가 있을 때 말해주면, 어떻게든 도울게."

"후훗, 그럼 그때는 부탁이야."

그때 멀리서 땡땡땡 건널목 경보가 울리는 것이 들렸다. 차단기가 내려가는 모습을 본 사키가 "앗!" 하고 당황한 목소리를 높였다.

"하루키 씨, 오빠! 전철, 전철이 와요!"

"그러네…… 아니, 사키?"

건널목을 가리키며 하루키의 교복 옷자락을 붙잡고, 뛰어가야 한다며 재촉하는 사키.

하루키는 어째서 사키가 서두르는지 알 수가 없어서 고개를 갸웃거렸다.

하지만 그런 사키를 보고 짚이는 바가 있는 하야토는 애써 다정한 목소리로 달랬다.

"사키, 괜찮아. 여긴 이 시간대라면 한 시간에 열 대 이상 오니까."

"……예?!"

그리고 사키는, 이번에는 놀란 목소리를 높이며 굳어버렸다.

교외 쪽으로 전철을 타고 두 역.

개찰구를 지나자 그곳에서도 하얗고 큰 건물이 잘 보였다. 학교보다도 큰 그것은 도시에서도 유례가 없을 정도의 규모를 자랑한다. 독특한 위용을 발하는 모습은 견고한 요새인가, 혹은 엄중한 감옥인가.

하야토의 가슴속은 복잡했다.

병원을 볼 때마다 아직도 표정이 조금 일그러진다. 하루키도 마찬가지로 미간을 찌푸리고 있었다.

그리고 사키는 어딘가 얌전한 목소리로 툭하니 중얼거렸다.

"이쪽의 역 사이는 무척 짧네요……."

조금 상황에 어울리지 않는 그 말에 하야토는 눈을 끔벅거리고, 무심코 후훗 웃음을 터뜨렸다.

그러자 사키가 자신이 무언가 이상한 소리를 했나 하는 생각에 마찬가지로 눈을 끔벅거리고, 뺨을 물들이며 살며시 눈을 피했다.

"아하핫, 진짜 그러네. 이쪽은 전철 숫자만이 아니라 역도 많나 봐."

"우리도 이 근처에서 알바를 하는데, 올 때는 그냥 도보로 오거든. 자, 저기."

"와아!"

그러면서 하루키는 역에서 조금 떨어진 곳에 있는, 순수 일본풍의 큰 가게를 가리켰다. 주위에는 가을을 미리 가져온 화과자 깃발이 펄럭이고 있다. 지금도 그에 이끌리듯이 두 여성 손님이 빨려 들어가고, 과자 시로라는 이름이 박힌 종이봉투를 든 고령의 남성이 나오는 참이었다. 알바를 시작하고서 알게 된 일인데, 의외로 병문안 선물로 화과자를 사가는 사람도 많았다. 번창하는 것도 납득이 갔다.

사키는 과자 시로를 눈을 반짝반짝 빛내며 보고 있었다. 아무래도 히메코와 마찬가지로 저런 부류의 가게를 좋아하나 보다.

그렇지만 오늘의 목적은 병문안이다.

하야토는 쓴웃음 지으며 병원을 향해 총총히 걸어갔다.

옆의 큰 도로에서는 버스랑 택시, 그리고 다양한 종류의 자가용 차량들이 병원으로 빨려 들어갔다. 틀림없이 그들처럼 병문안을 가는 사람도 많을 것이다.

안과 밖의 경계를 나타내는 병원 입구의 문이 가까워지자, 점점 긴장이 되는지 다들 말수가 줄어들었다. 분위기도 조금 무거웠다.

그런 가운데, 사키가 조금 주저하는 기색으로 입을 열었다.

"히메는 역시, 그게……."

"……어, 응. 뭐, 상상하는 대로야. 그게, 오늘 히메코는……?"

그것도 신경이 쓰이는 참이었다.

대체 어떻게 변명을 하고 이쪽으로 왔을까 싶었더니, 사키는 무어라 형용할 수 없는 표정으로 어딘가 말하기 힘들다는 듯 이야기했다.

"저기 히메는 그게…… 제출한 여름방학 숙제가 충분하지 않다면서, 보충수업이에요……."

"그 바보……."

"히메……."

서로 얼굴을 마주 보고 곤란한 미소가 퍼지자, 긴장도 조금 풀어졌는지 분위기도 느슨해졌다.

이윽고 다다른 병원 입구. 이 주변은 빛을 많이 받아들이려는 것인지 전면 유리로 되어 있고, 어렴풋이 세 사람의 모습을 비추며 내부를 애매하게 드러내고 있었다.

자동문 둘 중 하나로 향하자 마침 문이 열리며 병원 쪽에서 나온 사람과 맞닥뜨리고—— 하루키가 "앗" 하고 작게 비명 같은 목소리를 높이며 숨을 삼켰다. 상대도 하루키를 보고는 눈을 크게 뜨며 굳어 있었다.

하야토는 반사적으로 하루키를 등으로 가리며 사이에 들어와서, 그를 노려봤다.

나이는 서른을 넘은 정도일 것이다. 키가 무척 크고 시원스레 단정한 생김새는 한번 보면 인상에 강하게 남을 법하다. 실제로 본 적이 있었다. 언젠가 병원 로비에서 갑자기 하루키의 손을 붙잡은 남자였다. 살짝, 미간을 찌푸렸다.

분명히 그때는 하루키를 누군가와 착각했다며 금세 물러났다. 그 이후로 교류도 관계도 아무것도 없을 터.

그런데도 하루키는 경계심을 최대한 높이고, 자신을 지키듯이 몸을 움츠리고서 노려보고 있다. 적잖이 과도한 반응이 아닐까?

그러자 하루키의 시선을 받은 그는 쓴웃음을 흘리고 항복이라는 듯 양손을 가볍게 들었다.

"이것 참, 꽤나 미움을 사버린 모양이야."

"……윽."

"그렇게 경계하진 말아줘. 아버지가 입원하고 계시거든. 연세가 꽤 있으시니까 말이야, 상태가 썩 좋다고 할 수는 없어서."

그는 이곳에 있던 이유를 이야기했다. 지당한 일이었다. 머리로는 이해할 수 있고, 분명히 이번에도 우연일 것이다.

하지만 어째선지 위화감을 느꼈다.

제대로 말로 할 수는 없지만 하루키를 보는 그의 눈빛에는 친애와 미움, 그리고 기대 같은 것이 뒤섞인 복잡한 마음이 있는 것이 느껴졌다.

영문을 모르겠다. 정말로 뒤죽박죽이었다.

싹싹하게 이야기하는 그의 음색이 허물없는 걸 넘어 가까운 사람을 대하는 느낌조차 머금고 있었기에, 더더욱.

사키도 대체 무슨 상황이냐며 하루키랑 그 사람의 얼굴을 불안하게 돌아봤다.

단 하나, 그가 하루키를 강하게 생각한다는 것만큼은 느껴졌다.

그 의문이 말로 바뀌어 하야토의 입에서 튀어나왔다.

"당신, 누구야?"

"흠, 그러네……."

하야토의 물음에 그는 연극조의 말투와 행동으로 턱에 손을 대고서 생각에 잠겼다.

그리고 하루키를 흘끗 바라본 뒤, 쓴웃음을 흘리고 말을 골랐다.

"스카우트맨 겸 프로듀서, 일까?"

"스카우트……? 프로듀서……?"

"모델이라든지 배우 담당이야. 사토 아이리나 MOMO는 아니? 최근에는 그 애들을 담당하고 있어."

""""어?!""""

사토 아이리.

지금 한창 유명한 인기 모델이자 카즈키의 전 여친.

의외의 이름이 그에게서 튀어나와 가슴을 두근거리게 만들었지만, 이래저래 납득이 가기도 했다.

연예계.

타쿠라 마오.

그것들과 하루키가 연결되자 그를 노려보는 하야토의 표정이 더더욱 험악해졌다.

그러나 그는 그런 하야토의 시선을 슬쩍 흘려 넘기고 어깨를 으쓱였다.

"괜찮아, 니카이도 양한테는 이미 차였으니까 아무것도

안 해. 만약 지금 말을 건넨다면, 그쪽에 있는 아이일까?"

"후에?!" ""뭐?!""

"흠…… 얼굴은 애교 있고, 키는 평균보다 조금 작기도 하니 등신대의 귀여움을 전면으로 내세운 노선── 모델 같은 것보단 아이돌 쪽이 좋을지도."

"저, 저기……."

"사키!" "잠깐, 뭘 하는 거야?!"

상품을 감정하는 듯한 시선과 품평하는 듯한 말을 퍼붓는다면 사키가 아니더라도 몸을 비비 꼬게 될 것이다.

하야토와 하루키는 사키를 지키듯 그녀 앞으로 몸을 움직이고 그를 향해 그르르 엄니를 드러냈다.

그러자 그는 한 손과 함께 백기를 들고 사죄를 입에 담았다.

"미안해, 이건 직업병 같은 거라서. 기분이 상했다면 사과할게. 이 이상 너희한테 좋지 않은 인상을 주진 않도록, 이만 실례할게. 그럼."

그리고 그는 더 이상 이쪽에 흥미는 없다는 듯 종종걸음으로 떠났다. 순식간이었다.

그의 뒷모습이 사라지는 것과 동시에, 후우 크게 한숨을 내쉬었다.

하루키도 사키도 마찬가지로 안도의 한숨을 내쉬고 마음을 놓았다.

"그럼 갈까."

"예."

이 자리를 정리하듯 굳이 말로 한 뒤 병원 입구로 걸음을 옮겼다. 사키도 동의로 답했다.

하지만 하루키만큼은 그 자리에 못 박힌 것처럼 멈춰서 험악한 얼굴로 툭하니 중얼거렸다.

"나, 저 사람한테 이름을 말한 적이 있었던가……."

"하루키……?"

"어, 아무것도 아냐! 빨리 아주머니한테 가자!"

"어, 어어……." "와왓?!"

갑자기 평소처럼 돌변한 하루키가 하야토와 사키의 등을 꾹꾹 밀었다.

접수를 마치고 여전히 거짓말 같은 하양과 위선적인 청결로 넘치는 건물 안을 나아가서 6층으로.

마지막으로 병문안을 온 것은 언제였을까? 츠키노세로 귀성하기 전이었던 것은 분명하다. 어머니를 보기에는 딱 적절한 시기일지도 모른다.

617이라고 적힌 문 앞에 섰다.

노크하려고 했더니 이상하게 팔이 굳어서, 그때 처음으로 하야토는 자신이 긴장하고 있다는 사실을 깨닫고 쓴웃음을 흘렸다.

"오빠?"

"아니, 아무것도 아냐. 어머니, 들어갈게."

그리고 노크를 한 뒤, 대답을 기다리지 않고 문을 열었다.

그들의 방문을 깨달은 어머니 마유미가 뜨개질하던 손을 멈추고, 크게 눈을 뜨고는 미소를 지었다.

"어머, 하야토. 그리고…… 어머어머어머어머! 하루에 사키까지!"

"오랜만이에요, 아주머니!"

"그이한테 이야기는 들었지만, 정말로 이쪽으로 왔구나! 갑자기 이사하느라 큰일이었지? 괜찮아? 조금 말랐나? 아, 키도 컸어?"

"아하하, 변함없어요."

"어쨌든, 만나서 기뻐!"

"저도요!"

"그래그래그래, 들어와 사키! 요전에 병원에서 소문이 돌았는데, 여기에 사쿠라지마 키요타츠가 입원했대!"

"어, 그 거물 배우요?!"

"사쿠라지마 키요타츠……?"

눈을 크게 반짝이는 사키와 달리, 하야토는 의아한 듯 고개를 갸웃거렸다. 그런 하야토를 보고 쓴웃음을 흘리는 하루키.

"어머, 모르는 거니 하야토…… 뭐, 무리도 아니네. 내가 어릴 적에는 이미 이름을 떨치던 사람이었고, 최근에 텔레비전 같은 곳에서는 안 보이니까."

"저는 할머니가 옛날부터 엄청난 팬이라서, 자주 영화라든지 집에서 봤으니까요!"

"연기를 잘하는 데다 폭도 넓거든!"

"그래요그래요! 작품마다 연기하는 캐릭터도 달라서, 잔뜩 웃길 때도 있고 울리거나 가슴을 죄어들게 하기도 하고, 감정을 엄청 뒤흔들거든!"

"나는 역시, 무척 옛날이지만 사기꾼을 연기했던──."

"저는 해안가 마을 이야기의 비뚤어진──."

하야토와 하루키를 내버려 두고 꺄아꺄아 그 배우 이야기로 신이 난 사키와 마유미. 친구 어머니와의 양호하고 친숙한 관계성을 알 수 있는 대화였다.

하야토가 쓴웃음을 흘리자, 옆의 하루키가 두 사람의 이야기를 방해하면 안 된다고 살며시 귓속말했다.

"저기, 사키랑 아주머니는 항상 이런 느낌이야?"

"그러네. 여기에 히메코도 추가되는 느낌."

"……그런가."

하야토의 말에 하루키는 살짝 미간을 찡그리며 복잡한 표정을 지었다.

한순간 그 의미를 알 수 없었지만, 문득 이제까지 하루키의 처지를 생각한다면 저런 식으로 어른과 친근하게 접하는 모습은 신기한 것일지도 모른다. 하지만 혹시 그렇더라도, 하야토로서는 어떻게 할 수 없는 일이었다.

서로 곤란하다는 표정으로 얼굴을 마주 봤다.

"그런데 사키 지금은 자취하는 거구나…… 힘들진 않니? 곤란한 건 없어? 제대로 먹고 있지?"

"당황스러운 일은 아직 많지만, 도와주는 여러분 덕분에 어떻게든 하고 있어요. 저녁도 매일 오빠가 만들어준 걸 같이 먹으니까요."

"어머, 그러니 하야토?"

"둘이 거들어주니까 엄청 도움이 돼. 하루키도 점점 실력이 늘어서 간단한 거라면 만들 수 있게 됐으니까."

"어머어머어머, 하루 그러니?"

"그, 그게 뭐, 예……."

확실히 만드는 분량은 많아졌지만, 불을 봐주거나 재료를 썰어주거나 간단한 반찬도 만들어주니까, 이제까지보다 훨씬 편해진 것도 사실이었다.

"저, 저도 이 생활에 익숙해져서 요리가 능숙해진다면 뭔가 만들게요!"

"아하하, 기대할게."

"예!"

"둘 다 대단하네. 너희랑 비교해서 우리 히메코는…… 본받았으면 좋겠어. 여하튼 그 아이니까, 다들 저녁을 만드는 동안에 소파에 드러누워서 텔레비전을 보거나 스마트폰을 만지거나 그러지?"

"""……픕.""""

마유미가 정확하게 평상시 딸의 모습을 맞추자, 세 사람은 어이없다는 듯 웃음이 겹쳤다.

그러자 그런 세 사람을 본 마유미가 놀리듯 말했다.

"그건 그렇고, 하야토는 양손의 꽃이라 좋겠구나."

"으엉?!"

""읏?!""

갑작스러운 발언에 말문이 막힌 하야토.

놀란 것은 사키도 마찬가지인지 눈을 크게 뜨고 있었다.

하지만 하루키는 히죽 짓궂은 미소를 짓는가 싶더니 아양을 떨고, 달콤한 목소리와 표정으로 애교를 부리듯 몸을 가져다 댔다.

"하야토 구운, 우리 귀여운 여자애들을 거느리고 요리해서, 기뻤어~?"

"……그악."

"아니 지금, 엄청난 목소리가 나왔는데?!"

"아니 미안, 나도 모르게 등줄기가 오싹해져서……. 넌 꽃은 꽃이라도 독이나 가시를 달았거나 사냥감을 포식하는 녀석이겠네."

"너무하는 거 아냐?!"

어깨를 오싹 떨면서 불쾌한 표정을 짓는 하야토.

입술을 잔뜩 삐죽이며 항의하는 하루키.

"어머어머어머."

마유미는 그런 두 사람을 보고 곤란한 듯한, 그러면서도 흐뭇하다는 목소리를 높였다.

"너희는 여전히 사이가 좋구나. 그래그래, 사이가 좋다니까 사키, 하야토랑도 무척 친해졌네!"

"후에?! 저기 그건 그게, 이런저런 일이 있어서……."

"걱정했거든―, 혹시 사키는 하야토를 싫어하는 게 아닐까 해서."

"아니, 어머니!"

"그래도 이제까지 조금 피하는 느낌이었잖니…… 게다가 자주, 히메코도 하야토 보고 세심하지 못하다고 하니까."

"응응, 확실히 하야토는 말을 별로 안 가리고, 직접 던지는 구석이 있지―."

"아, 아하하……."

"……윽, 거참 미안하네."

마유미의 걱정에 하루키는 동의하는 모양새로 절절하게 말하고, 사키도 메마른 웃음을 흘렸다. 하야토는 살짝 뾰로통한 얼굴로 고개를 돌렸다.

창문으로 어렴풋이 물들기 시작한 하늘이 보였다.

시각을 확인했더니 이미 다섯 시를 넘었다.

"아, 슬슬 돌아갈게. 시간도 됐고, 장도 봐야 돼."

"어머, 벌써?"

"그럼 저희도 이만."

"또, 또 올게요, 아주머니!"

가방을 들고 발길을 돌리자 하루키와 사키도 그를 뒤따랐다.

그리고 드르륵 문을 연 참에, 사키가 무언가 떠올랐다는 듯 "아!" 하고 소리 높였다. 빙글 몸을 돌려 마유미 곁으로 달려가서는 손을 붙잡았다.

"아주머니, 빨리 퇴원해서 돌아오세요!"

"어, 아…… 응……?"

"저, 여러분이 갑자기 이사를 가서 쓸쓸했거든요. 그때까지 계속 당연하다는 듯 바로 옆에 있었는데, 손이 닿지 않는 곳으로 가버려서. 제 안의 무언가가 사라져버려서…… 하지만 어쩌지도 못하고……."

"사키……."

"분명히 아주머니께서 빨리 돌아오시길 바라고 있을 거예요! 히메도, 그리고 오빠도…… 그렇죠?"

"──읏!"

하야토는 곧바로, 무언가 대답을 하지 못했다.

이쪽을 돌아본 사키가 부드럽게 웃었다.

그것은 무척 아름다운 미소로, 이제까지 본 적도 없는 표정이었다.

가슴이 빠르게 뛰었다.

──빨리 퇴원하길 바란다.

당연히 품고 있던 바람이다.

하지만 그런 심플하고 솔직한 바람을, 이제까지 누군가 입에 담은 적이 있었을까?

입원에 불안은 있다. 두 번째니까. 아버지의 행동이 가장 불안하게 느껴졌다.

하야토는 지독히 동요하고 있었다.

그것은 어머니도 마찬가지인지, 눈을 끔벅거리고── 그리고 살짝 눈가가 촉촉해지는 것이 보였다.

　숨을 헉 삼켰다.

　하루키도 눈동자가 흔들리고 있었다.

　"나도, 어머니가 빨리 퇴원했으면 좋겠어."

　작은 목소리로, 그러나 분명하게, 마음속 깊은 곳에 계속 막힌 것처럼 흐리멍덩하게 흔들리던 말을 형태로 만들었다.

　그러자 가슴이 스윽 가벼워지는 것을 느꼈다.

　눈앞의 세계가 새로이 개척되는 감각조차 느꼈다.

　그리고 하야토의 진심에서 나온 마음을 받은 마유미는, 살며시 눈가를 훔쳤다.

　꽉, 온전하지 않은 왼손을 움켜쥐고, 그리고 맡겨달라는 듯 가슴을 탁 두드렸다.

　"그럼 빨리 나아서 돌아가야겠네!"

　"……응."

　어머니의 올곧은 답에, 부끄러움을 느껴 머리를 긁적였다.

　자신을 지켜보듯 미소 짓는 사키가 무척 눈부셨다.

　병원을 나올 무렵에는 서쪽 하늘이 완전히 주황색으로 물들어 있었다.

　어딘가 둥실둥실하는 발걸음으로, 알바를 갈 때에 이용하는 길을 나란히 걸었다.

　말은 없었다.

하지만 묘한 편안함이 있었다.

가슴 안에 막혀 있던 것을 토해낸 탓일지도 모른다.

모두 사키 덕분이었다. 그녀의 옆얼굴을 흘끗 봤다.

기억 안에 있는 과거의 그녀는, 언제나 히메코 뒤에 숨어서 흠칫거리던 이미지가 강했다. 그와 비교하면 지금은 무척 변했다고 생각한다.

변했다면 하루키도 그랬다. 그 무렵과는 전혀 다르다.

외모도. 둘러싼 환경도.

사람은, 변한다.

변해간다.

과연 자신은── 그렇게 생각한 참에, 스마트폰이 울렸다.

『오빠 지금 어디야? 배고파.』

화면에 적혀 있는 것은 히메코다운 그런 메시지. 그만 맥이 빠져서 쓴웃음을 흘렸다.

"하야토, 왜 그래? 누가 보냈어?"

"히메코. 배고프대."

"아하하, 히메답네."

"오늘 저녁은 뭐로 하지…… 항상 고민이란 말이야."

"슈퍼마켓 특매품이나 세일 물품을 보고 정하는 경우도 많은걸."

"참고로 오늘은 다짐육이 특매품이야. 이건 챙겨두고 싶네."

으─음, 신음했더니 사키가 "예!"라며 기대를 담은 목소리를 높였다.

"그러면 저, 한번 욕심쟁이 햄버그를 먹어보고 싶어요. 히메가 자주 자랑하니까 신경이 쓰여서요!"

"아, 나도 그거 신경 쓰여! 히메, 엄청 마음에 들어 한단 말이지ㅡ."

"히메코가? 그거 만드는 거 꽤 수고가 드는데…… 뭐, 그래도 셋이 나눠서 하면 금방인가."

"나도 이러니저러니 해도 배고파졌어. 빨리 슈퍼 들렀다가 돌아갈까? 하야토, 그리고 사키도!"

"예!"

"어, 야, 하루키?!"

그리고 하루키는 기습적으로 하야토와 사키의 손을 잡고, 갑자기 달려갔다. 하루키에게 끌려가는 모양새가 되었다.

마치 어린아이 같은 행동.

하지만 모두, 미소였다.

최근에 익숙하게 다니던 길에, 유쾌하게 흔들리는 세 그림자.

조금 싸늘한 바람이 등을 밀었다.

하늘에는 붉게 물든 조개구름.

계절이 조금씩, 가을로 넘어가는 시간을 느끼는 것이었다.

제 4 화 각자의 방과 후 / 하루키

가을의 얼굴이 짙어진 이른 아침은 무척 쌀쌀해졌다.

비슷한 모양의 분양 주택이 늘어선 주택가, 그 안의 어느 집 세면대.

거울 앞에서 하루키는 칫솔을 한 손에 들고서 복잡한 표정을 짓고 있었다. 그 시선은 좌우로 팔짝팔짝 춤추는 머리카락으로 향해 있었다.

"으그그, 여전히 만만찮아……."

처음 기르기 시작했을 때부터 고민거리인, 삐친 머리라고도 곱슬머리라고도 할 수 있는 것. 이제까지는 그것들을 모아서 한 묶음으로 땋아 대응했다.

평소라면, 아니 이제까지라면 뭐 어쩔 수 없다고 생각해서는 매일 아침 그렇게 땋으면 그만이었을 것이다.

하지만 오늘만큼은 묘하게 마음에 걸렸다.

"……굉장했지."

뇌리에 떠오른 것은 어제 사키의 모습.

그녀의 말로 하야토의 표정이 마치 썬 것이 떨어져 나간 듯 점점 환해지는 모습은, 마치 마법 같아서.

그렇게 사람의 마음이 움직이는 것을, 처음 봤다.

츠키노세에서 그녀와 만난 이후, 그저 놀라기만 할 뿐이다.

109

그 행동력만이 아니라 영향력에도.

그녀가 눈부셨다.

과연 자신은 그런 식으로 **파트너**의 힘이 되거나 그를 구해줄 수 있을까?

틀림없이 사키는 앞으로 점점 하야토와도 교류를 거듭하고, 추억을 쌓을 것이다.

──여자아이로서.

"윽!"

갑자기 가슴이 욱신 술렁였다. 하야토와 사키의 사이가 깊어지는 것은 무척 좋은 일일 터인데.

어째선지 알 수 없었다.

하지만 본능적으로 그다지 좋지 않은 일임을 느끼고, 이대로는 안 된다며 양손으로 뺨을 짝짝 때려서 쫓아냈다.

평소보다 빨리 집을 나섰다.

약속 장소에 도착하자 이미 사키가 기다리다가 하루키의 모습을 발견하고는 타박타박 달려왔다.

"하루키 씨─, 안녕하세요!"

"안녕, 사키. 하야토랑 히메는?"

"아직 안 왔어요. 저뿐이에요."

오늘 아침의 일도 있어서 한순간 가슴이 두근거렸지만 금세 미소를 꾸몄다. 익숙한 일이었다.

그러다가 사키가 안절부절못하는 걸 깨달았다. 자세히 보니 눈도 부어서 충혈되었고, 다크 서클도 생긴 모습이었다.

하루키가 대체 무슨 일이냐며 고개를 갸웃거리자, 사키는 주위를 두리번두리번 살피며 아무도 없다는 것을 확인하더니 조금 부끄러운 듯 귓속말했다.

"하루키 씨, 사실은 어젯밤 자기 전에, 그때 그 오빠 방에서 나온 **게임**, 했거든요. 동생 루트를 했는데, 중반부터 멈출 수가 없어서……! 마지막에 어떻게 되는지 엄청 조마조마해서요!"

"호호——."

이야기하는 사이, 사키의 말이 열기를 띠었다. 그녀의 표정은 늪으로 흠뻑 빠져들고 있는데도, 굉장히 멋진 미소를 짓고 있었다.

하루키는 동지를 맞이한 충실감과 함께 흐뭇하게 웃고, 마음의 스위치를 전환했다.

"그거, 애니메이션이랑 다르다고는 들었어. 찬반양론이 있나 봐."

"그런가요? 확실히 취향이 갈리겠다고는 생각하지만, 저는 싫지 않아요."

"그렇구나그렇구나, 내 차례가 돌아오는 거 기대할게."

"예! 하지만 이제 곧 전부 끝나버리는 게 조금 쓸쓸할지도."

"아, 그렇다면 내가 가진 다른 추천작 빌려줄까?"

"그래도 되나요?!"

"야한 거랑 그렇지 않은 거, 어느 게 좋겠어?"

"으엣?! 으, 으음, 어쩌지⋯⋯."

얼굴을 새빨갛게 물들이고 고민하기 시작하는 사키.

중얼중얼 "야한 장면은 없어도 되지만, 있는 편이 그래도 스토리가 더 고조되니까"라며 스스로에게 변명하듯 중얼거리고, 하루키도 "그렇지, 고조된단 말이지"라며 간사한 표정을 짓고 속삭였다. 사키도 "그렇죠!"라고 조금 흥분하며 동의했기에 넘어왔구나, 득의양양하게 웃었다.

그런 사키의 모습이 흐뭇하면서도 우스워서, 짓궂은 마음도 뭉게뭉게 피어올랐다.

그리고 그때, "야―!"라는 목소리가 들렸다. 하야토와 히메코였다.

"안녕 하루키, 사키도."

"안녕― 어, 하루 무슨 이야기 중이었어? 사키, 얼굴이 빨간데 괜찮아?"

"히메! 어, 어어 이건⋯⋯."

"응―, 야한 이야기?"

"어?! 하, 하루키 씨!"

드물게도 큰 목소리를 내어 따지는 사키.

아하하 웃으며 흘려 넘기는 하루키.

히메코는 그런 소꿉친구들을 빤히 흘겨봤다.

"⋯⋯아침부터 뭐 하는 거야."

하야토의 어이없다는 한숨이, 지나가는 오토바이의 배기음에 사라졌다.

점심시간이 되었다.

자재 창고 대신에 쓰고 있는 구교사, 그곳에 있는 빈 교실 중 하나.

소란스러운 교실을 피할 수 있는 피난 장소, 하루키와 하야토의 비밀기지.

어렴풋이 가을로 물들기 시작한 방의 창문에서는, 비늘구름이 하늘 높은 곳을 살랑살랑 모래처럼 흘러갔다.

"……베이컨 에그야."

"삼각김밥인데?"

"삼각김밥인데. 달걀이 촉촉하면서도 폭신하고 뒤로 베이컨의 향기가 따라와서, 의외로 밥이랑 맞아. 응, 이건 당첨이네."

하루키는 무어라 표현할 수 없는, 놀라움이 섞인 목소리를 높였다.

"하루키는 신상품이 나오면, 딱 봐도 지뢰라는 걸 알면서도 돌격한단 말이지."

"요전에 말랑말랑 떡이 든 파워 삼각김밥이랑 연유 딸기 우유는 지독했지……."

"……나는 말렸다고."

"하지만 지금 안 먹으면 금세 발매 중지가 될 게 뻔히 보이는걸!"

"바보냐."

어이없다는 한숨을 내쉬며 안타까운 생물을 바라보는 눈빛의 하야토.

바보 같은 소리를 한다는 자각이 있는 하루키는, 데헷 핑크색 혀끝을 내밀었다.

서로 쓴웃음을 흘린 뒤 점심식사는 재개됐다.

창문으로 비쳐드는 초가을의 햇살이 여름방학 전보다도 그림자를 조금 길게 뻗었다.

살랑살랑 부는 사람이 운동장에서 노는 학생들의 목소리를 실어 날랐다.

어느샌가 점심을 모두 먹고 벽에 등을 기댔다.

각자 엉덩이를 맡긴 곳은, 남색과 하얀 바탕에 고양이가 프린트된 쿠션 커버.

단둘이었다.

딱히 대화도 없었다.

흐르는 것은 어릴 적부터 변함없는, 평온한 분위기.

그것이 어쩐지 오랜만인 것 같았다.

생각해보면 최근에 이러니저러니 해도 낮에는 다른 누군가와 있을 때가 많았다.

미나모에 카즈키, 이오리에 이사미 에마. 새로이 생긴 친구들.

그들만이 아니라 그 밖에도 자주 대화를 나누는 반 친구도 늘었다.

이제까지는 상상도 하지 않았던, 하야토가 전학을 온 뒤로 시작된 학교에서의 변화.

그리고 하야토의 집에서는—— 거기까지 생각했을 때, 갑자기 사고를 한 여자아이가 뒤덮었다.

"——사키."

"응?"

저도 모르게 입에서 이름이 튀어나오고 말았다.

눈을 끔벅거렸다. 의도해서 흘린 것이 아니었다.

하야토가 무슨 일이냐며 돌아봤다.

머리가 빙글빙글했다.

가슴은 답답.

그래서 그것들을 얼버무리듯이 고개를 내젓고 억지로 말을 이었다.

"사, 사키 쇼핑, 다음 휴일이지? 구체적으로 필요해 보이는 건 뭘까 싶어서."

"그러네, 기본적인 가구는 있지만 그것뿐이니까…… 손님 접대용 식기에 수건 종류, 각종 청소 용품, 세탁물 상자 같은 것도 있으면 편리하고, 체중계나 방화 용품 같은 것도 필요하지 않을까."

"흐응, 양도 부피도 상당할 것 같네."

"나는 그걸 옮길 짐꾼이겠지. 겸사겸사 코타츠 이불도 마련해두고 싶은데. 뭐, 우리 집에도 필요해."

"아무리 그래도 코타츠는 아직 이르지 않아?"

"하지만 얼마 안 있으면 벼를 벨 계절이잖아? 그다음에 추워지는 건 순식간이고."

"그건 그럴지도…… 그보다도 기준이 그거야?!"

"하핫, 하지만 그 전에 가을이구나. 히메코, 가을 옷을 고르겠다며 잔뜩 벼르고 있었지."

"윽, 나 옷 고른다든지 그런 거, 힘들단 말이지. 수영복 때도 그랬으니까."

"그런가? 최근에는 좋아서 이것저것 입는 이미지가 있었으니까, 익숙해진 줄만 알았는데."

"그건 그게, 하야토를 놀라게 만들려는 장난으로 한 거니까!"

"아니, 장난이었냐!"

"흐히히."

두 사람은 얼굴을 마주 보며 함께 웃고, "주제가 있다면 좋을 텐데" "문제 풀듯이 옷 고르지 말라고"라며 시답잖은 이야기로 꽃을 피웠다.

그리고 문득, 하루키는 신경 쓰인 것을 물어봤다.

"저기, 하야토. 나는 어떤 모습이 어울린다고 생각해?"

예상 밖이었는지 끔벅끔벅 몇 번 눈을 깜박인 하야토가, 가만히 확인하듯 바라봤다. 그것이 조금 간질간질했다.

"으—음, 모르겠네. 애초에 여자 옷은 어떤 게 있는지도 모르니까."

"그런가."

돌아온 것은 그런 예상 그대로의 말.

그야말로 하야토다워서 무어라 말할 수 없는 쓴웃음이 새어 나왔다.

그때, 딩동댕동 예비종이 울렸다.

조금 아쉬움이 드리운 음색으로 "웃차"라는 기합과 함께 일어섰다.

그리고 갑자기, 문을 열려던 하야토가 멈춰 섰다.

"음─, 하루키는 그, 분명 어떤 옷이라도 어울릴 거라 생각해."

"……어?"

저도 모르게 맥 빠지는 목소리가 새어 나왔다.

하야토의 뒷모습을 바라보며 머리가 새하얘졌다.

"자기가 좋아하는 걸로 고르면 되잖아? 기대할게."

한 호흡 뒤, 짓궂다고도 도발적이라고도 할 수 있는 음색으로 그런 말이 날아들자 한순간 뺨이 뜨거워졌다.

하야토의 표정은 이쪽에서는 보이지 않았다. 도망치듯 교실로 향하고 있는 것이다. 가슴이 크게 두근거렸다.

"정말─! 두고 봐─!"

하루키는 어린아이처럼 큰 목소리로 말했다.

방과 후가 찾아왔다.

수업 끝을 알리는 종소리와 함께, 단숨에 학교 안이 소란스러워졌다.

하루키의 교실에서도 의기양양하게 부 활동을 가는 사람,

친구들끼리 어디 놀러 가자고 이야기하는 사람, 총총히 집으로 돌아가려는 사람 등등 각양각색이었다.

재빨리 교재를 가방에 넣으며 옆으로 시선을 향하자, 하야토가 크게 하품을 하며 끄윽 양손을 들어 기지개를 켜고 있었다.

흘끗 살폈더니 무방비하게 드러난 옆구리.

무럭무럭 짓궂은 마음이 샘솟았다.

"━━━━━웃."

숨을 삼킨다.

상황을 살핀다.

의식을 집중한다.

기회는 하품이 끝날 때까지의 짧은 시간.

검지로 쿡 찌를까, 아니면 깃털처럼 쓰다듬을까, 또는 꼬집어볼까.

여하튼 이것은 점심시간에 놀리던 보복인 것이다.

"니카이도!"

"어?! 아, 예…… 이사미, 씨?"

하루키가 손을 뻗으려던 그 순간, 옆에서 이름을 불렀다.

움찔 어깨를 떨며 돌아봤더니 미안하다는 듯 손을 맞대고 있는 이사미 에마.

"미안한테, 오늘 알바 대타 좀 부탁해도 될까?! 갑자기 부활동 미팅이 들어와서!"

"그런 일이라면, 전 괜찮아요."

"와, 고마워! 이 빚은 꼭 갚을게!"

그리고 이사미 에마는 손을 흔들며 훌쩍 교실을 떠났다.

하루키가 그 뒷모습에 쓴웃음을 흘리다가 하야토와 눈이 마주쳤다. 최근에는 부 활동이든 알바든, 행동을 함께할 때가 많았다. 특히 신학기가 되어서 사키가 온 뒤로는 계속 함께였다.

그럼 어떻게 할까.

하루키가 미간을 찌푸리자 이어서 복도 쪽에서 이름을 부르는 목소리가 들렸다.

"니카이도—, 시라이즈미 선배가 부르는데—?"

"야호—, 니카이도!"

"어?"

시선을 향하자 학생회를 도우며 자주 얼굴을 마주하는 2학년 여자 선배가 있었다. 바로 전날에 도와주기도 했다. 시라이즈미 선배는 팔랑 손을 흔들며 이쪽으로 다가오는가 싶더니, 미안하다는 듯 손을 맞댔다.

"갑자기 미안한데, 오늘 좀 도와줄 수 있을까? 각 부를 돌면서 서류를 받아오고 싶거든, 5월 체육대회랑 마찬가지로! 아, 이거 있지—— 빨간 선으로 쭉 그어놓은 곳은 이미 받은 거야!"

"저, 저기——."

"그리고 학생회에 들어오라는 이야기, 긍정적으로 생각해준다면 기쁘겠어! 그럼!"

그러면서 시라이즈미 선배는 프린트 한 장을 떠넘기고, 하루키의 대답을 듣지도 않고 바람처럼 떠났다.

생각지도 않은 더블 부킹.

남겨진 하루키는 "으으"라며 곤란하다는 신음을 흘렸다.

옆에서 손등으로 어깨를 가볍게 두드렸다. 하야토가 고개를 절레절레 저으며 쓴웃음을 흘리고 있었다.

"뭐, 어쩔 수 없네, 우등생. 알바 쪽은 내가 대신 갈게."

"하야토, 군……. 응, 부탁해."

"어―, 니카이도 못 가는 건가, 그건 곤란한데……."

"모리 군?" "이오리?"

이어서 곤란하다는 태도의 이오리가 뺨을 손끝으로 긁적이며 다가왔다.

"조금 전에 집에서 연락이 왔는데, 오늘 다른 알바가 전부 쉰다는 모양이야. 그러니까 하야토랑 니카이도, 두 사람한테 헬프를 청하고 싶었는데……."

이오리는 "하아"라고 어딘가 체념한 것 같은, 각오를 다진 것 같은 한숨을 흘렸다.

하루키와 하야토는 얼굴을 마주 봤다. 알바 첫날, 하야토와 이오리와 셋이 맡아서는 아슬아슬했던 것을 떠올렸다.

아무래도 둘만으로는 힘들겠지. 한 사람 더 필요한 참이었다.

손에 든 프린트로 시선을 떨어뜨리고 망설이기를 잠시.

"나, 선배한테 거절―."

"그럼 내가 니카이도 대신에 알바하러 갈게. 오늘은 부 활동도 없으니까."

"오?" "카즈키." "──카이도!"

어느샌가 근처에 와 있던 카즈키가 여어, 손을 들며 윙크를 했다.

여전히 그런 동작이 멋들어져서, 하루키는 반사적으로 미간에 주름을 지었다.

"여름방학 후반에 대타로 꽤나 도와줬으니까 나름 도움이 될 거라고?"

"그래, 카즈키라면 나도 대환영이야. 여성 손님의 반응도 좋으니까."

"아, 아하하."

"그러니까 하루키, 이쪽은 어떻게든 될 것 같아."

"……그런가."

이야기가 정리되고 하야토가 맡겨달라며 미소를 지었다.

눈앞에서는 하루키를 제외한 세 사람이 알바 이야기를 하고 있었다.

어쩐지 따돌림당하는 것 같은 기분이 들어서 가슴이 욱신거렸다.

손에 든 프린트에 구깃 주름이 생겼다.

그러자 얼굴을 일그러뜨린 하야토가 마치 타이르는 것 같은 음색으로 말했다.

"그 **의태**, 계속 해두는 게 이래저래 편리하잖아?"

"그렇, 지만……."

의태.

착한 아이로 있을 것.

어머니가 유일하게 부탁한 것.

지금은 이제 그다지 의미가 없다는 사실도 알고 있는 것.

그럼에도 하야토의 말대로, 그 가면을 쓰고 있으면 이래저래 편리하다는 것도 분명했다.

특히 시라이즈미 선배에게 부탁받는 이런 부류의 일은 내신 점수라는 숫자로 가시화될 테니까, 더더욱.

하루키는 눈을 내리깔고, 시선으로 수중의 프린트와 하야토의 발밑 사이를 헤맸다.

그러자 하야토가 달래듯이 머리를 슥슥 쓰다듬었다.

"그런 표정 하지 마. 저녁에 좋아하는 거 만들어줄 테니까."

"——아."

금세 떨어진 손바닥에 아쉬움을 느끼고, 조금 더 조르는 것 같은 목소리가 새어 나왔다.

고개를 들자 보이는 건 약해진 듯한 표정으로 웃는 하야토. 그의 눈동자는 바라는 바가 아니라고 말하는 것만 같았다.

눈을 크게 떴다.

그래서 가슴에 소용돌이치는 감정을 이성으로 억지로 억누르고, 미소를 만들었다.

"라따뚜이 파스타, 만들어줘. 그, 처음으로 하야토네 집에서 먹은 거."

"응, 맡겨둬."

하루키는 단숨에 말을 꺼내어 그런 약속을 하고 몸을 돌렸다.

그리고 돌아보지 않고 교실을 종종걸음으로 뛰쳐나갔다.

수업이 끝나고 조금 지났을 무렵.

인기척이 사라진 학교에, 운동장이나 체육관에서 들리는 열기 어린 구령이 울렸다.

"저기, 이걸로 될까?"

"예, 괜찮아요. 바로 써주셔서 감사합니다. 만화연구부는 부 회지 발행에 일러스트 전시, 군요?"

"응, 예년과 똑같을 거야."

"그럼 문제는 없을 거예요. 감사합니다."

"……아."

하루키는 싱긋 미소 짓고 미술실을 뒤로했다.

그러자 등 뒤에서 이상하게 하루키를 붙들어 놓으려던 만연 부원의 아쉬워하는 목소리가 들려서 살짝 미간을 찌푸렸다.

수중에는 몇 장의 프린트.

학생회를 도우면서 나눠주고 있는 것.

시라이즈미 선배한테 받은 리스트의 만화연구부 항목에 빨간 선을 넣었다.

"다음은 연극부, 제2피복실인가……."

후우, 한숨을 흘리고, 고요한 학교를 홀로 걸었다.

부실 건물은 있지만 운동장에 딸려 있기도 해서, 거의 모든 방을 운동부가 사용하기에 문화부는 조금 전 만화연구부처럼 특별 교실을 부실 대신으로 사용하는 곳도 많았다.

창문 쪽으로 시선을 향하자 운동장에서 활동 중인 야구부가 있었다. 아, 그래서 오늘은 축구부가 쉬는구나, 그러면서 카즈키를 떠올렸다.

그리고 창문에 자신의 모습이 비치는 것을 알아차렸다.

빈틈없이 딱 맞추어 입은 교복에, 길고 윤기 있는 흑발. 그리고 엷은 미소가 가면처럼 들러붙은 얼굴.

어릴 적, 츠키노세에 있던 때와는 전혀 다른 모습.

그리고 옆에 하야토가 없는 모습.

그 사실이 혼자라는 것을 지독히 의식하게 만들었다.

문득 알바하러 간 소꿉친구를 생각했다.

지금쯤 분명히 카즈키랑 이오리와 함께 야단법석을 떨며 일하고 있을 것이다.

하지만, 그곳엔 자신이 없다.

"……나, 뭘 하는 걸까."

가슴이 어지러워 약한 마음이 말로 흘러나왔다.

원래 학생회를 돕는 것은 자청해서 나선 일이다. 목적은 물론 학생회 입성.

딱히 학생회장이 되고 싶다든지, 그런 야망이 있는 것은 아니었다. 학생회에 소속되었다는 직함이 필요했을 뿐. 그

125

리고 이 학교의 학생회는 서무 역할이라면, 현행 위원 세 사람의 추천만으로 언제든지 들어갈 수 있다.

학생회에 소속되는 것은 하루키가 생각하는 **착한 아이**의 모습인 데다, 동시에 대학 지정교 추천이나 장학금 심사에 다소 유리하게 작동할지도 모른다── 그런 타산. 그 타산은 냉정하게 진학을 목표로 생각한다면 매력적인 것도 분명했다.

하지만 학생회에 들어가서 본격적으로 바빠진다면, 하야토와 함께 보낼 시간이 줄어들 것이다. 그 사실이 하루키에게 학생회 입성을 주저하게 만들었다.

문득 뇌리에 사키의 얼굴이 떠올랐다.

색소가 옅은 머리카락과 피부, 바람이 불면 하늘로 녹아들어 사라져버릴 것만 같은 공허함으로, 하지만 외모와는 달리 주저도 없이 도시로 뛰어든, 확실한 심지가 있는 여자아이.

사키라면── 그렇게 생각한 참에, 절레절레 고개를 내저었다.

"좋아, 얼른 끝내자!"

하루키는 스스로를 고무하듯 말을 내뱉고 짝짝 뺨을 두드렸다. 그리고 걸음을 옮기다가 쿵, 정면으로 충격을 느꼈다.

"윽?! 미, 미안해요, 잠깐 앞을 안 보다가…….."

"나야말로 서두르느라…… 어라, 너는…….."

아무래도 복도 모퉁이에서 누군가와 부딪힌 모양이었다.

서둘러 머리를 숙였다.

상대도 부주의했는지 미안하다는 목소리를 높였지만, 점차 험악한 기색으로 바뀌었다.

"……읏."

"……."

무슨 일인가 싶어서 하루카는 고개를 들고, 숨을 삼켰다.

눈앞에 있는 것은 긴 머리카락을 땋아서 하프 업으로 묶은, 화사한 인상의 여학생. 어디에 있어도 주목을 받고, 인상에 강하게 남을 법한 미모였다. 당연히 하루키도 그녀를 알고 있었다.

타카쿠라 유즈.

작년도 문화제의 미스 콘테스트를 떠들썩하게 만들어, 그 이름은 하루키를 포함한 1학년 사이에도 알려져 있었다.

그리고 최근에 흐르는 그녀와 관련된 소문이라면, 카즈키에게 차였다는 게 가장 새롭다. 1학년만이 아니라 2학년 사이에서도 그 소문은 분명히 돌고 있을 것이다.

──그녀를 찬 카즈키가 하루키에게 차였다는 소문과 함께.

타카쿠라 유즈는 드세 보이는 그 눈을 추어올리고, 찌르는 듯한 눈빛으로 하루키를 쳐다봤다. 하루키의 얼굴이 굳어지고 입가가 경련했다.

"1학년 니카이도 하루키, 맞죠?"

"……예."

127

그녀는 확인하듯 묻고 눈매를 슥 가늘게 만들었다.

"……."

"……응."

뚫어지게 감정하는 듯한, 온몸을 훑는 듯한 노골적인 시선.
불편했다.

그다지 좋게 여겨지지 않는다는 것을 알고 있기에, 더더욱.
서로 어떤 상대인지는 알고 있을 것이다.

악의가 날아드는 것은 익숙하지만, 그래도 마음은 마모되고 만다.

어머니, 조부모, 그리고 하루키를 달갑게 여기지 않는 학교의 여자들. 가능한 한 멀리서 엮이지 않으려고 했지만, 그런 사람은 하야토가 없는 중학교 시절에도 나름대로 존재했다.

어느샌가 응어리처럼 쌓인 그것을, 막 재회한 하야토 앞에서 흘리고 만 것을 떠올리고 가볍게 머리를 내저었다.

물론 하루키에게 타카쿠라 유즈와 다툴 생각은 없었다.
하지만 이런 감정의 문제에 이론이나 도리는 통하지 않는다. 대화를 나누면 서로를 이해할 수 있다는 것은 환상이다.

"너……."

"아, 예."

"귀엽네."

"…………예?"

"응, 얼굴이나 스타일만이 아냐. 머리카락이나 손끝에 몸가짐도 착실하고, 등줄기도 곧게 펴고 있어. 하루아침에 익힐 수 있는 게 아냐. 니카이도, 너 사생활도 착실한 사람이구나."

"가, 감사합니다……?"

경계하고 있었는데 어찌 된 영문일까, 몹시 진지한 음색으로 칭찬을 들었다. 그곳에 모멸이나 바보 취급을 하는 기색은 보이지 않았다.

예상 밖의 반응에 당황하는 하루키.

그러자 퍼뜩 무언가를 깨달은 듯 타카쿠라 유즈는, 어흠 분위기를 다잡듯 헛기침을 한 번 하며 옷깃을 고쳤다.

"실례, 자기소개가 늦었네요. 2학년 타카쿠라 유즈예요."

"아, 예, 안녕하세요. 니카이도 하루키, 에요."

"나에 대해서는 소문으로 알고, 있겠죠……?"

"그건, 뭐……."

"솔직히 물어보겠는데, 카즈키 군을 어떻게 생각하나요?"

"읏?!"

그녀는 차라리 시원스러울 정도로 본론을 탁 꺼냈다.

갑작스러운 이야기에 말문이 막혔다.

무슨 말을 하면 좋을까. 너무나도 예상 밖의 전개에 사고가 따라가지 못했다.

다만 그녀가 소문처럼 카즈키에게 심상치 않은 마음을 품고 있다는 것만큼은 알 수 있었다.

"마, 마음에 안 드는 녀석, 이에요."

"……어?"

그렇기에 전혀 꾸미지 않은, 생각 그대로의 말이 튀어나왔다.

"고고하게 누구한테나 호의적이고, 본심은 겉으로 드러내지 않고, 얼버무리고."

"……."

그렇다, 하루키처럼.

"하지만 누군가가 곤란할 때는 잘도 눈치채서 손을 내밀 줄 아니까, 그런 그럴싸한 외면이 이래저래, 정말이지, 뭔가 이야기를 하니까 화가 나는데……!"

이야기하는 사이, 점점 말도 거칠어졌다.

화가 나는 것은 분명 카즈키가 자신과 비슷하기 때문이기도 할 것이다.

이성적으로는 방금 그 알바 대타에 도움을 받았다고 생각한다.

하지만 사실대로 말하자면, 아까는 모두와 함께 가고 싶었던 것이다.

하야토와 모두 같이 알바를 하고 있는데, 자신은 혼자 학생회 일을 돕고 있다── 이 상황이 정말로 마음에 들지 않았다.

이성적인 이야기가 아니라는 것은 안다.

이것은 감정의 문제, 논리나 도리는 관계없는 것이었다.

"픕…… 후훗…… 아하하하하하핫!"

"……아."

그렇게 완전히 기분이 나빠져서 입술을 삐죽이는 하루키를 본 타카쿠라 유즈는, 더는 못 참겠다는 듯 배를 붙잡고 웃음을 터뜨려버렸다.

어쩌면 좋을지 알 수 없어서 쩔쩔매고 말았다.

하루키 스스로도 타카쿠라 유즈가 호의를 품은 상대에게 지나친 악담을 했다는 자각은 있었다.

"그건 그렇네. 카즈키 군은 수많은 사람을 호의로 대해서 착각하게 만들어 버리다가도, 또 잘도 배려해서 도와주는 걸. 정말이지, 그런 부분으로 너무 순수해서 오히려 나쁘단 거지."

"아, 예⋯⋯."

그런데도 타카쿠라 유즈는 눈꼬리에 눈물을 글썽이며 웃었다.

본인의 입에서도 그런 말이 나오니 어쩌면 좋을지 알 수 없었다.

"나도 그런── 어머, 그 프린트는?"

"어, 그게 문화제 각 부의 요청서예요."

"우리는 아직이었나? 나는 잘 모르는데⋯⋯ 같이 가자."

"아, 예."

그리고 어깨를 나란히, 제2피복실을 향해 걸어갔다.

다시금 그녀를 봤다.

타카쿠라 유즈, 연극부 소속 2학년.

작년도 문화제 미스 콘테스트에서 심사위원, 외부 투표,

특기 부문 모두를 모조리 휩쓴 유명인.

하루키보다 더 크고 늘씬한 키. 굴곡이 있는 여성적인 몸매. 티 나지 않게 살짝 화장을 해서 화사함이 도드라지는 미모에, 의연한 행동은 자신감으로 넘쳤다.

과연. 가까이서 보니 과연 그럴 만도 했다.

그리고 옆을 걷는 하루키에게 나쁜 감정이 없다는 것도 잘 알 수 있었다. 그것이 도리어 곤혹에 박차를 가했다.

"영문을 모르겠다는 표정이네?"

"어, 그게⋯⋯."

"후후, 나도 날 모르겠어. 하지만 그래⋯⋯ 얼굴을 마주보고 솔직히 단호하게 말해주니 기뻤던 걸지도."

"기쁘다고요?"

"게다가 제대로 보고 있구나 싶어서. 카즈키 군을 잘 모른다면 그런 말이 나오진 않겠지?"

"⋯⋯그건 어떨까요."

하루키의 표정이 복잡하게 일그러졌다.

그러자 타카쿠라 유즈는 그런 하루키에게 조금 부럽다는 표정을 보였다.

"나, 중학교 때——."

"타카쿠라는 나댄단 말이지—."

"뭐, 미인이라는 건 인정하겠는데."

"그래도 좀⋯⋯ 요전에 각본 정할 때도 오리지널이라는 흐름이었는데, 갑자기 백설공주나 오페라의 유령 같은 정석으로 해야 한다는 거야."

"무슨 유치원 장기자랑이냐고—!"

무언가 말하려던 순간, 문 안쪽에서 들리는 말에 가로막혔다.

어느샌가 제2피복실에 도착했나 보다. 안에서는 명백하게 타카쿠라 유즈의 뒷담이 들렸다.

"뭐, 남자한테 차인 건 고소했지—."

"그래그래, 걔가 분해하는 표정을 상상만 해도 상쾌해!"

"그건 그렇고 그 1학년 애도 엄청 미남이잖아?"

"타카쿠라도 결국 그냥 얼굴만 보네. 하아, 얼굴이냐고, 얼굴."

"있잖아, 만약에 우리가 그 1학년이랑 사귄다면 걸작 아닐까?"

"꺄하하, 그럴싸하네—!"

험담이었다. 아마도 질투에서 비롯된 부류의 감정.

미간에 주름을 지었다. 듣고 있어서 기분 좋은 것은 아니었다.

생판 남의 뒷담조차도 이런데.

본인이라면, 얼마나 마음이 아플까—— 그렇게 생각해서 흘끗 옆으로 시선을 옮겼더니, 의외로 타카쿠라 유즈는 도리어 불쌍하다는 눈빛이었다.

하루키의 시선을 알아차린 타카쿠라 유즈는 어깨를 으쓱이고 쓴웃음을 지었다.

그리고 "앗!" 하고 놀란 목소리를 높이는 하루키를 제쳐 놓고, 드르륵 기세 좋게 제2피복실 문을 열었다.

"즐겁게 대화하고 있는데, 잠깐 괜찮을까?"

""""""윽?!"""""

깜짝 놀란 시선이 그녀를 찔렀다.

그러나 타카쿠라 유즈는 그것을 아무렇지도 않게 흘려 넘기고, 하루키에게서 받은 프린트를 그녀들 앞에 펼쳤다.

"어머, 부장은 없어? 이거, 문화제 상연 목록을 어떻게 할지 빨리 정해야 된대. 오리지널이 좋다고 해도 아무런 계획도 없이 백지 상태로는 힘들다고 생각하는데."

타카쿠라 유즈는 당당했다.

그런 그녀에게 압도당한 것처럼 여자 부원들은 주춤거렸다.

"뭐, 뭐어, 응……."

"어, 어어, 그러, 네……."

"그러고 보니 우리, 소도구 미팅이 있어서 좀…… 가자."

"그리고 그 사람이랑 사귀고 싶다면 이쪽에서 먼저 고백해야 해. 카즈키 군은 너희와 접점이 없으니까. 과연 어떻게 될지, 결과는 기대하고 있을게."

""""""윽!"""""

타카쿠라 유즈의 행동은 명백하게 그녀들의 험담을 들었다는 선언이었다. 여자 부원들은 겸연쩍은 표정을 지으며 총총히 제2피복실에서 도망치듯 떠났다.

하루키는 그저 그 모습을 복도에서 바라보고 있었다.

조용해진 제2피복실에서 타카쿠라 유즈가 "하아", 시시하다는 듯 한숨을 내쉬었다.

그리고 하루키를 돌아보고, 그것 봐, 라고 말하듯 쓴웃음을 지었다.

"시시한 아이들이란 말이지. 저 아이들과 비교하면 니카이도, 넌 달라."

"아, 예……."

꿰뚫는 것 같은 올곧은 시선이 하루키를 향했다.

"나 있지, 카즈키 군을 좋아해. 본심을 좀처럼 드러내지 않고, 누구나 호의적으로 대하고, 그러면서도 곤란해하는 사람에게 손을 뻗어주는, 그런 카즈키 군을 좋아해."

"──읏."

그것은 마치 선전포고 같았다.

──아니, 그런 것이 아니다.

말해야 하는 것은 잔뜩 있을 터였다.

하지만 타카쿠라 유즈의 그런 강한 심지라고도 할 수 있을 부분을, 어째선지 사키와 겹쳐 보고 말았다.

하루키는 우직할 정도로 올곧은 모습이 눈부셔서 더는 보지 못하고 눈을 피했다.

"다음에 또 이야기하자."

상쾌한 미소를 지은 타카쿠라 유즈는 싹싹한 느낌으로 하루키의 어깨를 툭 두드리고 떠났다.

그 자리에는 그저 미아처럼 우뚝 선 하루키만이 남겨졌다.

제 5 화

각자의 방과 후 / 하야토

어느 거리의 역 앞에 있는, 사람들이 줄을 서는 순수 일본풍 가게. 살깃 무늬 하카마 제복이 특징적이며 텐포 시대*에 창업한 화과자집, 과자 시로.

하지만 오늘만큼은 여름옷에 앞치마 차림의 남성 점원들이 바쁘게 돌아다니고 있었다.

"5번 테이블, 쿠즈키리 말차 파르페 셋!"

"알겠어―, 카운터 손님 거 쿠즈키리 말차 파르페 나와 있으니까 가져다줘!"

"1번 손님, 여기도 오더 쿠즈키리 말차 파르페 둘, 그리고 진귀한 크림 안미츠 하나. ……가능하다면 1번 손님한테는 카즈키가 가져다줘. 5번은 내가 갈 테니까."

"그렇대, 카즈키."

"하핫, 알았어."

조금 무뚝뚝한 하야토가 가게 안으로 시선을 향하자 카즈키 쪽으로 뜨거운 시선을 보내는 교복 여성 손님들. 카즈키가 싱긋, 사람 좋은 미소를 짓자 그녀들이 """"꺄아!"""" 하며 새된 비명을 터뜨렸다.

그런 모습을 앞에 두고, 하야토와 이오리는 얼굴을 마주

―――――――
*에도 후기의 연대. 1830년~1844년.

보고 쓴웃음을 지었다.

"우리 가게는 화과자집인데 말이지."

"팥 얹었잖아, 쿠즈키리 말차 파르페."

"하지만 파르페잖아!"

"아하하, 하지만 주문이 치우치는 덕분에 가게가 그나마 돌아가긴 하네. 카즈키 님 만만세야."

"그러게 말이야."

가게 안을 뛰어다니는 카즈키에게 시선을 옮겼다.

새삼 말할 필요도 없지만, 카즈키는 학교에서도 자주 소문으로 언급될 정도의 미남이다.

콧대가 쭉 뻗은 잘생긴 얼굴에, 부 활동으로 단련된 매끈한 몸매. 미소는 상쾌하고 붙임성도 좋아서, 넌지시 "쿠즈키리 말차 파르페 추천해요"라고 속삭이면 여성 손님은 모조리 같은 것을 주문하게 된다.

주문이 좁혀진 덕분에 여유를 가지고 가게가 돌아갔다. 이렇게 쓸데없는 잡담을 나눌 수 있을 정도로.

카즈키는 이런 식으로 주목받는 것에 무척 익숙한 모양이었다. 본인도 그런 시선을 의식하는 것이리라. 그 모습은 마치 이것이 천직인 것 같이 반짝반짝 빛나고 있었다. 무어라 표현할 수 없는 한숨이 새어 나왔다.

문득 하루키는 어땠는지 다시금 떠올렸다.

누가 많은 주문을 받을 수 있는지, 빈 식기를 단숨에 옮길 때의 요령은 어떻다든지, 여러 자리를 돌 때 어떤 코스로 하면 효율적이라든지, 장난스러운 표정으로 그런 이야기를 하던 모습만이 뇌리를 스쳤다. 손님에게 어떻게 보일지는 전혀 생각하지 않고, 함께 게임처럼 일을 소화하며 즐기는 모습이었다.

그것이 어쩐지 카즈키와 비교하니 우스워서, 그만 살짝 웃음을 터뜨리고 말았다.

"하야토?"

"어! 어, 아니 아무것도…… 카즈키 녀석, 굉장하구나 싶어서."

"그러네. 장래에 우리 가게에 취직했으면 싶을 정도야."

"우리 가게…… 역시 이오리는, 장래에 이 가게를 잇는 거야?"

"응~, 아니, 글쎄? 모르겠어."

"……뭐?"

왠지 모르게 건넨 화제에 의외의 대답이 돌아왔다.

이오리의 본가이기도 한 과자 시로는, 텐포 시대 창업 이후 6대째인 노포다. 그러니까 당연히 이오리도 그 뒤를 이을 것이라고만 생각했다.

하야토가 눈을 끔벅거리자 이오리는 조금 부끄러운 듯 눈을 피하고 툭하니 중얼거렸다.

"어— 그게, 나, 누나가 있어서."

"어…… 누, 누나가 있구나?"

"그래그래. 그래서 그 누나가 가게를 이어받을 생각이 가득해서, 지금은 대학교 여름방학을 이용해서 이탈리아로 과자 연구를 하러 갔을 정도로 진심이야. 그러니까 딱히 내가 아니라도 상관없다는 거야."

"호오, 그건."

"뭐, 본가에선 현재 유력한 선택지 후보 중 하나일 뿐이야. 애당초 장래의 일이라니, 아직 너무 먼 이야기라서 상상도 안 돼."

"……그도 그러네."

그리고 서로 어이없다는 듯 웃음을 흘리는 사이, 카즈키가 후우, 이마의 땀을 훔치며 돌아왔다.

하야토와 이오리가 즐겁게 대화하는 모습을 본 카즈키는 살짝 토라진 것 같은 표정을 지었다. 아무래도 가게 안도 조금 차분해진 듯했다.

"뭔가 즐겁게 웃고 있는데, 무슨 이야기 하고 있었어?"

"아, 이오리한테 누나가 있다는 이야길 했어."

"어, 그건 처음 듣는데. 그런 느낌의 사람을 본 적도 없어."

"여름방학을 이용해서 이탈리아로 단기 연수 중이야. 이제 곧 돌아올 예정일걸."

"그렇구나, 대학교 여름방학은 기니까. 그건 그렇고 왜 이탈리아야?"

"글쎄? 그저 출발 전에 『젤라또랑 단팥은 친하니까!』 『티라미수랑 모나카의 가능성은 무한대!』라고 외쳤어."

"아하하, 어그레시브한 누님이네."

"어릴 적엔 누나의 그런 성향이 날 향하는 바람에, 잔뜩 휘둘렸어."

이오리가 질렸다는 표정으로 으잭 목소리를 흘리자, 당시의 그 모습을 상상한 하야토와 카즈키는 아하하 소리 높여 웃었다.

그러자 어깨를 으쓱이던 이오리가, 무언가 떠올랐다는 듯이 카즈키에게 이야기를 돌렸다.

"그러는 카즈키는 어때? 형제나 남매 있어?"

"나도 누나가 있어. 한 살 위."

"우리 히메코랑 반대네. 어떤 사람이야?"

하야토의 질문에 카즈키는 한순간 얼굴을 가게 안쪽으로 돌리고, "으―응" 하고 신음하며 턱에 손을 대고 미간을 찡그렸다.

"……마이페이스인 사람, 이려나?"

"그렇구나, 카즈키 같은 사람인가."

"어? 나한테 그런 이미지가 있다고?"

"있지. 카즈키 때문에 내 페이스가 대체 몇 번이나 흐트러졌는데."

질린다는 표정을 짓는 하야토. 그러자 몹시 흥분한 기색으로 이오리의 목소리가 거칠어졌다.

"아니아니 그보다 하야토, 카즈키네 누나라잖아?! 당연히 엄청난 미인일 거야! 그쪽이 신경 쓰이지 않아? 사진 같은 거 없어?"

"어?! 어, 응, 없는데. 보통 누나 사진 같은 걸 가지고 다니진 않을걸."

"하핫, 그건 그래. 나도 누나 사진 같은 거 없으니까."

"사진이라면 그 무녀님, 실물은 더 귀여웠지."

"어, 카즈키는 봤어?!"

"요전에, 하야토 군을 학교까지 마중 나온 적이 있어서, 그때."

"크으, 나도 보고 싶었어! 그래서 그 무녀님은 어떤 애야?"

"어떤 아이라…… 으—음……."

바로 말이 나오지 않았다.

사키의 모습을 떠올려봤다.

어릴 때부터, 동생의 친구.

가까운 듯 먼 사이.

한 살 연하의 선이 얇은 외모와 달리 마음에 심지를 가진, 어딘가 의지가 되는 여자아이.

그리고 전날 병원에서 있었던 일을 다시금 떠올리고——미간에 주름을 지었다.

"……어떤 애일까?"

"아니아니."

무심코 딴죽을 거는 이오리.

지금의 그녀는 과거 그녀의 이미지와 그다지 겹치지 않았다. 특히 최근 수개월, 돌변해 버렸으니까.

카즈키도 복잡한 표정을 짓고 있는 하야토의 얼굴을 들여다보고, 쓴웃음을 지었다.

"하야토 군, 그 아이한테 간병을 받은 답례는 정했어?"

"으윽, 아직이야. 이런 거 처음이니까 전혀 모르겠어."

하야토가 말문이 막히자 카즈키와 이오리가 놀리듯 웃음소리를 높였다.

그리고 한바탕 웃은 뒤, 생글생글하는 카즈키가 무언가 알아차린 듯 말했다.

"그 아이, 이쪽으로 와서 아직 얼마 안 되었지?"

"아직 일주일 남짓이겠네."

"그렇다면 아직 생활에 이래저래 부족한 게 있지 않을까? 그렇게 평소의 생활에 도움이 될 법한 거라든지, 하루하루에 색채를 더해줄 법한 걸 사준다면?"

"……그렇구나."

좋은 생각 같았다.

하야토 자신도 막 이사를 왔을 무렵에 이것저것 필요했던 게 떠오른 것이다.

그러나 여자가 필요하다고 생각하는 것이라. 이건 또 어려웠다. 실용성의 부분은 제쳐놓고, 디자인 센스가 필요하다면 자신이 없다.

문득 카즈키와 눈이 마주쳤다. 여전히 생글생글 미소를 짓고 있었다.

하야토는 조금 부끄러운 듯 입을 열었다.

"있잖아, 다음 휴일에 시간 돼?"

"아, 나는 에마랑 데이트."

"나는 괜찮은데?"

"다 같이 사키 생활 용품을 사러 가는데, 애들이 옷 같은 걸 고르는 동안에 답례 고르는 걸 도와줬으면 해서."

"그렇구나…… 괜찮기는 한데, 내가 가도 될까?"

"응? 아…… 그런가, 미안해. 카즈키, 여자 관련으로는 좀 그랬던가."

하야토는 실수했다는 듯 겸연쩍은 표정을 지었다.

카즈키는 인기 있다. 자세한 것은 알 수 없지만 과거에 이런저런 일이 있었던 모양이라 여자와의 교류에는 신중해진다. 자신의 형편에 정신이 팔려서 거기까지 의식이 돌아가지 않았다.

하지만 카즈키는 황급히 손을 내저어 부정했다.

"아니아니, 그런 게 아니라! 그게, 그런 가족 같은 원 안으로, 내가 들어가도 될까 해서."

"응? 그건 괜찮겠지."

"난 뭐라고 할까, 그 무녀님이 카즈키한테 흔들리는 모습은 상상이 안 되긴 해."

문득 사키가 카즈키와 만났을 때의 일을 상상해봤다.

일정한 거리를 지키며 친하게 지낼 수는 있어도, 어째선지 사키가 카즈키에게 열을 올리는 모습은 상상할 수 없었다. ──마치 하루키처럼.

"……나도 그래."

"! 그, 그런가."

"하핫, 게다가 분명 카즈키하고도 친해질 수 있을 거야……
아, 손님이다."

그런 대화를 나누는 사이 손님을 알리는 종소리가 울렸
다. 까아까아 여자들의 새된 목소리가 들렸다.

주방을 홀로 맡고 있는 이오리가 다녀오세요, 라는 듯 손
을 흔들자 하야토와 카즈키는 또 한바탕 해볼까, 라며 서로
마주 보고 고개를 끄덕였다.

그리고 앞으로 얼굴을 내밀고서 세일러복 여자 중학생 집
단을 본 뒤, 표정이 굳어졌다.

"어서 오세── 어?"

"왔어, 오빠…… 아니, 카즈키 씨도 있어?!"

"히메코?"

"히, 히메?!"

히메코는 거리낌 없는 느낌으로 한 손을 척 든 채, 카즈키
의 모습을 보고 눈을 크게 떴다.

그 뒤에는 "꺄─!"라며 잔뜩 들뜬 중학교 친구들. 그중
하나, 사키가 조금 긴장한 표정으로 어색한 미소를 짓고 있
었다.

동생에게 일하는 모습을 보이는 것은 역시 부끄러웠다.
사키나 다른 친구들도 있고, 지난번에는 우연이었지만 이
번에는 있다는 것을 알고 왔을 테니 더더욱.

하야토는 히메코를 빤히 쏘아보며 작은 목소리로 말했다.

"왜 왔어."

"그야, 사키한테 여기 귀여운 제복을 보여주고 싶었으니까…… 어, 하루는 없어?"

"오늘은 없어. 학생회 일 도와준다고."

"학생회?"

히메코는 익숙하지 않은 단어에 어리둥절한 표정으로 고개를 갸웃거렸다. 그리고 필사적으로 학생회와 하루키를 연결시키려고 미간에 주름을 지었다.

그리고 마침 그때, 가게 안에서 일어서는 손님의 모습이 보였다.

마침 잘됐다며 옆에 있던 카즈키의 어깨를 툭 때렸다.

"자, 계산대 맡을게. 카즈키, 애들 부탁해."

"! 어, 어 응. 다들, 이쪽으로 와."

"예─카즈키 씨, 그 모습도 어울리네요. 마치 호스트 같아!"

"저기, 그건 칭찬 맞는 거지? 그럼…….『오늘은 와줘서 고마워. 널 위해 특별한 자리를 마련해 뒀으니까』."

"아하하하하핫! 카즈키 씨 정말로 호스트 같아─!"

카즈키는 익살스럽게 연기를 하며 아이들을 비어 있는 자리로 안내했다.

요령 좋은 녀석. 하야토는 그런 생각을 하며 계산을 하다가 가장 뒤에 있던 사키와 눈이 마주쳤다. 사키는 수줍어하며 이쪽을 향해 작게 손을 흔들었다.

역시 이제까지 그녀의 이미지에서는 그다지 상상할 수 없었던 동작에 한순간 놀랐지만, 하야토도 반사적으로 작게 손을 흔들어 답했다.

사키가 눈을 끔벅거리고 뺨을 수치로 물들이며 황급히 아이들 뒤를 쫓았다. 흐뭇한 그 모습에 입가에서는 자연스럽게 웃음이 새어 나왔다.

"이봐— 하야토—, 계산 끝났으면 5번 손님 오더 가져다줘—!"

"아! 알았어—!"

주방에서 들린 이오리의 목소리에 정신을 차렸다.

주문을 받고 옮기면서도 히메코네 아이들의 테이블을 흘끗 살폈다.

"오늘은 뭐로 할까—!"

"와, 와, 굉장해 히메! 이렇게나 종류가 잔뜩 있다니……!"

"전에 왔을 때 최종 후보가 이거랑 이거랑 이거랑 이거였으니까……."

"아하하, 키리시마는 이미 메뉴에 정신이 없네."

"저, 정말~."

"그래도 망설일 만하지. 계절에 따라서도 이것저것 바뀌니까."

"우리 시골에서는, 봄에 쑥, 가을에 밤 정도 차이밖에 없었어. 주변에 자라는 걸 쓸 뿐이니까~."

"주변? 주변이라니, 그건 그것대로 신경 쓰이는데?!"

메뉴를 진지하게 바라보는 마이페이스 히메코.

중학교 친구들과 꺄아꺄아 떠들며 메뉴를 함께 살피는 사키.

어디에나 있을 법한, 지극히 흔해빠진 화기애애한 여자 그룹의 광경이었다.

아무래도 사키는 전학 간 학교에서도 잘 지내는 듯했다. 안도의 한숨을 흘렸다.

그리고 그녀들의 이야기가 끊어진 참을 노려서 카즈키가 물을 가져왔다.

"자, 여기. 뭐 주문할지 정했어? 오늘은 쿠즈키리 말차 파르페를 추천해. 오늘 한정으로 콩가루 서비스도 있으니까."

"어, 그럼 그걸로 할까—."

"그럼 나도, 전부터 신경 쓰였고, 서비스도 있다면 주문해야겠네."

"나도 이 흐름을 타볼까—!"

"으, 으음 나는~……."

망설이는 그녀들에게 넌지시 이득이 되는 정보를 섞어서 어필하자 금세 쿠즈키리 말차 파르페로 하자는 흐름이 되었다. 여전히 빈틈없는 녀석이구나, 이번에는 다른 의미에서의 한숨이 새어 나왔다.

"히메코는 어떻게 할래? 요전에도 맛있다, 맛있다 하면서 먹었잖아?"

"응~, 나는 패스."

"어?!"

"어, 키리시마, 오늘은 이게 이득이라는데?"

"그래도 요전에 먹었으니까. 오늘은 다른 녀석으로 신규 개척해야지!"

"아, 아하하······."

그중 하나, 히메코만이 분위기를 읽지 못했다. 기탄없는 표정으로 추천을 거절하고, 으―응 신음하며 팔짱을 꼈다. 시선은 메뉴에 못 박힌 채.

카즈키가 쓴 미소의 가면은 딱 굳어 있었다.

하야토는 절레절레 고개를 내저으며 아픈 관자놀이에 손을 댔다.

문득 그때, 시선을 느꼈다.

뭘까 싶어서 고개를 들었더니 메뉴를 한 손에 들고서 카즈키에게 물어보는 사키의 모습이 시야에 들어왔다.

"저기, 이 중에 오빠······ 히, 히메네 오빠가 만든다든지 그러는 메뉴는 있을까요?"

"어?! 어, 응. 빙수 계열이라면 이전에도 만들었으니까 괜찮을 거야······ 그렇지, 하야토 군?"

"어, 야?! 아니 뭐, 확실히 빙수 계열이라면 나도 맡을 수는 있는데."

"그, 그럼 저, 이 폭신폭신 우지 팥빙수 부탁할게요."

"오빠가 만드는 거야?! 그럼 나도 같은 걸로! 그거, 지난번 최종 후보 중 하나였거든―."

"그럼 폭신폭신 우지 팥빙수 둘, 쿠즈키리 말차 파르페가 셋이네요. 조금만 기다려주세요."

얼른 주문을 정리하고 미소로 그 자리를 떠나는 카즈키.

어찌 된 영문인지 빙수를 만드는 흐름이 되었다.

주방으로 돌아갔더니 주문을 전하러 온 카즈키가 미안하다는 듯 사과했다.

"미안해, 바쁜데 굳이 하야토 군이 빙수를 만들게 해서."

"그건 괜찮아. 한동안 홀을 너 혼자 맡게 되어서 내가 미안하지⋯⋯. 그보다도 히메코 녀석이 문제야. 정말이지."

"아하하, 괜찮아. 히메코답네, 만만치 않아."

"뭐, 옛날부터 손이 많이 가는 녀석이야."

"만만치 않으니까 저 테이블로 가져다주는 건 하야토 군한테 맡길게."

"으엑. 동생 접객이라니 이래저래 좀 그런데!"

"⋯⋯나도 친구 동생을 상대로 주문을 받아 왔으니까, 이번에는 하야토 군 차례야."

"그래, 알았다고."

그렇게 말하니 약해질 수밖에 없었다. 하야토는 체념의 기색이 밴 한숨을 흘렸다.

카즈키는 "좋아"라고 스스로를 고무하듯 목소리를 높이고, 완성되어 있던 1번 테이블의 주문을 들고 홀로 사라졌다.

"그러니까 이오리, 우지 팥빙수 두 개 만들게."

"어, 부탁해. 솔직히 나도 지금 완전히 손이 쿠즈키리 말차 파르페 모드라서, 다른 건 별로 만들고 싶지 않아. 아까

안미츠, 묘하게 수고가 들더라고."

"하핫, 그런가."

이오리에게 한마디 양해를 구하고 얼음을 갈 준비에 착수했다.

토핑으로 올릴 것은 많지만 그다지 어렵지는 않았다.

조금 많이 얼음을 갈고 농후한 말차 시럽을 뿌리고 찹쌀경단, 단팥, 검은깨와 바닐라 아이스크림을 올렸다.

"이오리, 이걸로 괜찮을까?"

"응~, 괜찮기는 한데 안 돼. 이걸 얹어서…… 됐다."

체크를 부탁하자 이오리는 소프트크림을 톡 얹었다.

하야토가 놀라자 이오리는 씨익 미소를 지었다.

"괜찮겠어?"

"동생이랑 무녀님한테만 서비스가 없는 것도 재미없잖아."

"미안하네…… 아니, 고마워."

"헤헷, 됐어."

평소에 이오리는 약삭빠른 모습이지만 이런 부분으로 배려할 줄 아니까 밉지 않다.

하야토는 쓴웃음 지으며 빙수와 이오리가 만든 파르페를 조금 긴장한 기색으로 아이들의 자리로 가져가려다가, 퍼뜩 움직임을 멈췄다. 시선은 두 개의 빙수로 향해 있었다.

그리고 접시를 일단 그 자리에 놓았다.

"왜 그래, 하야토?"

"아니, 조금. 히메코니까."

"아, 그렇구나."

찻잔을 꺼내는 하야토를 보고 이오리는 납득한 표정으로 끄덕였다.

그리고 하야토는 포트에 든 호지차를 따르고 다시 자리로 향했다.

"기다리셨습니다."

"와, 와아!"

"추천할 만하네."

"사진 찍어야지!"

"호오, 오빠 꽤 하잖아."

"생각보다 볼륨이 있네!"

놓기가 무섭게 환호성이 터졌다. 잘 먹겠습니다, 라는 말을 대충 한 뒤 각자가 손을 뻗었다.

모두가 "으음~" 하고 맛있다는 듯 목소리를 높이자, 하야토도 이끌려 미소를 지었다.

"아야—!"

"~~~~!"

그리고 기세 좋게 얼음을 퍼 먹은 히메코와 사키는 두통으로 얼굴을 찌푸렸다.

하야토는 역시나, 하고 쓴웃음 지으며 준비해둔 따뜻한 호지차를 두 사람 앞에 내밀었다.

"괜찮으시다면 이걸 드시지요."

둘은 기세 좋게 호지차를 마시고, 이번에는 ""앗 뜨거"" 라

고 목소리를 높이며 주위의 웃음을 이끌어냈다.

어이없어하면서 몸을 돌리던 하야토가 흐뭇하게 바라보던 카즈키와 시선이 마주쳤다.

"준비성이 좋네, 하야토 군."

"……조금 더 차분하게 굴었으면 좋겠는데 말이야."

"아하핫."

그런 대화를 나누며 다음 업무로 넘어갔다.

카즈키의 고민

알바가 끝났다.

축구부 연습과는 종류가 다른 피로감과 달성감이 카즈키의 몸을 감쌌다.

가게 뒷문을 통해 밖으로 나와서 쭈욱— 기지개를 켜자, 석양이 무척 길게 그림자를 드리웠다.

서쪽 하늘로 시선을 향하자 흩어진 조개구름이 붉게 물들어 있었다.

처음부터 바쁘겠다고 각오했던 알바도, 끝나고 보니 의외로 간단한 일이었다.

"하아. 수고했어, 카즈키. 어떻게든 해냈네."

"도움이 되었다니 다행이야, 도와준 보람이 있었나?"

"물론이야. 정말이지, 하필 이런 날 히메코가 오다니, 참."

"⋯⋯아하하."

동생에 대해 불평하는 하야토의 말에 가슴이 살짝 술렁였다.

히메코와 얼굴을 마주한 것은 여름방학 이후로 처음, 수영장 때 이후로 대략 한 달 만이었다.

맛있게 빙수를 먹는 얼굴.

친구들과 즐겁게 수다를 떠는 모습.

그리고 다른 손님과 달리 자신을 비추지 않는 눈동자.

저도 모르게 욱신거리기 시작한 가슴을 눌렀다.

그러다가 하야토가 걱정스러운 표정으로 얼굴을 들여다보는 것을 깨달았다.

"괜찮아?"

"……저기, 뭐가?"

"아니, 얼굴이 알바 때의 접객 모드 그대로니까."

"읏! 어, 어어 응, 굳어 버렸나 봐."

순간적으로 튀어나온 변명에 이것 참, 하고 쓴웃음을 흘리는 하야토. 그런 **친구**에게 애매한 미소를 억지로 만들어서 답했다.

그때, 히메코의 얼굴을 보고 허둥지둥 이 가면을 갖다 붙였다는 걸 스스로도 알고 있다.

이상한 소리를 하지는 않았을까?

나쁜 인상을 주지는 않았을까?

제대로 적절한 거리감을 연기했을까?

그런 일들만 마음에 걸렸다.

"카즈키는 전철로 가지. 그럼 난 이쪽으로 갈게. 빨리 돌아가서 저녁 해야 돼."

"힘들겠네. 그럼 내일 학교에서 봐."

"그래!"

서두르는 것일까, 총총히 달려가는 하야토의 뒷모습이 순식간에 복잡한 상점가로 삼켜졌다.

저녁 시간의 역 앞은 부지런히 오가는 사람들뿐.

그런 가운데, 카즈키는 정처도 없이 이리저리 걸었다.

목적 따위는 없었다.

그저 바로 돌아가야겠다는 생각이 들지 않았을 뿐.

가슴에서는 그을린 무언가가 소용돌이쳤다.

그러나 이곳은 그다지 큰 상점가가 아니라, 이윽고 거리
의 끝이 보였다.

눈앞에는 커다란 간선 도로가 일직선으로 뻗어 이번에는
사람 대신에 많은 자동차가 오가고 있었다.

그곳으로 발길을 들인 순간, 쏴아아 강한 바람이 불어 들
었다.

"윽!"

바람에 말려 올라간 낙엽이 얼굴을 때리고, 무심코 눈을
감고 걸음을 멈췄다.

"……뭐 하는 걸까."

얼굴에 들러붙은 낙엽을 떼어내고 한숨과 함께 그런 말을
토해냈다.

최근 이상하게도 히메코가, 친구의 동생이 마음에 걸렸다.

지금도 수영장에서 보았던 조금 쓸쓸한 표정이 눈꺼풀 안
쪽에 새겨져 있었다.

갑작스럽게 마음이 마구 어지러워질 때도 많았다.

물론 그녀와 어떻게 되고 싶다, 어쩌고 싶다, 하는 건 아
니었다.

애당초 친구의 동생일 뿐이니까.

정말로 스스로를 알 수가 없었다.

게다가 마음 안 깊은 곳에 걸리는 것도 있었다.

『배신자……!』

처음으로 누군가가 내던진 명확한 악의.

시원스럽게 손바닥을 뒤집어 멀어지는 주위.

미소 안에 감추어진 타산과 욕망.

그때 느낀 ——는, 두 번 다시 겪고 싶지 않다.

"바이바이, 또 봐—!"

"내일은 너희 집에서 게임 대회야!"

"오, 이겨주마—!"

"집에 가서 연습할까—!"

그때 초등학생들의 그룹이 천진난만한 미소로 대화를 나누며 눈앞을 지나갔다.

표리부동하지 않은 그들을 눈부신 듯 바라보고, 모습이 보이지 않게 되자 자조 섞인 한숨을 후 흘렸다.

계속 여기서 우두커니 서 있어 봤자 아무 소용 없다.

영차, 기합을 넣고자 뺨을 때리는 것과 "저기……"라는 조심스러운 목소리가 들린 것은 동시였다.

"카이도…… 맞죠……?"

"어?! 미타케……?"

돌아본 곳에는 땋은 머리카락이 귀여운 교복 차림의 여자아이—— 미나모가 있었다.

손에는 무언가 짐을 들고 있었다. 어딘가 용무를 마치고 돌아가는 길일까?

"이런 곳에서 뭘 하고 있나요?"

"어, 그게……."

미나모는 고개를 갸웃거리며 물었지만 예상도 하지 않았던 만남에 말문이 막혀버렸다.

애당초 아무것도 하고 있지 않았다. 카즈키 스스로가 알고 싶을 정도였다.

조금 어색한 분위기가 흘렀다.

무언가 이야기를 해야 한다는 생각에 주위로 시선을 향했지만, 미나모의 등 뒤에는 간선 도로가 펼쳐져 있을 뿐.

그녀는 그런 카즈키의 얼굴을 어딘가 걱정스럽게 들여다봤다. 눈동자에 『괜찮아요?』라고 말하려는 기색이 드리워 있었다.

미나모는 남을 잘 보살피는 기질이 있는 소녀다.

──하야토처럼.

그래서 카즈키는 들키지 않도록 황급히 미소 짓는 가면을 붙이고 변명을 건넸다.

"하야토랑 이오리 알바를 도와주느라 좀. 전에 이야기를 들었던 과자 시로, 거기야. 여긴 잘 모르는 거리니까 뭔가 더 있을까 신경이 쓰여서."

"…………."

"모르는 거리를 산책하는 거 좋아하거든. 처음 보는 가게가 있거나, 체인점이라도 우리 동네랑 비교하면 이래저래 특징이 있어서 다르기도 하고. 아, 그렇지. 내가 사는 곳은 재개발 구역이라 오래된 건물은 모조리 철거되어서, 시로 같은——."

"그때 말했던 응원하고 싶은 사람이랑, 무슨 일 있었나요?"

"——!"

미나모의 예리한 말에 미소의 가면에 쩌적 금이 가고, 맥없이 떨어져 나갔다. 시선은 헤매고, 입가는 굳었다.

극적인 변화였기 때문일까.

말을 던진 미나모 본인도 그런 카즈키의 반응이 의외였는지 당황해서는 허둥지둥하기 시작했다.

무어라 말할 수 없는 어색함을 드리운 분위기가 흘렀다.

"······미, 미안해요."

"어?"

"제, 제가 또 착각이라고 할까 지레짐작이라고 할까······ 그게, 폐를 끼쳐서——."

"자, 잠깐만!"

스스로도 부적절한 말을 해버렸느냐고 생각한 미나모는 황급히 미안하다며 꾸벅 머리를 숙였다. 그녀의 얼굴은 자조가 섞여 잔뜩 일그러져 있었다.

미나모는 그저 카즈키를 배려하고 있었다.

타산도 없이, 분위기가 이상한 카즈키를 걱정해서.

그런데도 자신을 좋게 보이려고 속인 결과가, 지금 그녀의 얼굴이다.

자신의 한심함에 가슴이 욱신 아팠다.

그리고 카즈키는 기세 좋게 자신의 뺨을 짝 때렸다. 미나모의 어깨가 움찔 튀었다.

"카, 카이도?!"

"아야~."

"아, 아와와, 뺨이 엄청 빨개졌는데……!"

"아하핫, 얼굴 근육을 좀 푸느라. 그보다도 미타케, 이야기를 좀 들어줬으면 해."

카즈키는 당황한 미나모를, 최대한의 성의를 담아서 진지하게 바라봤다.

그 시선에 미나모는 헉, 숨을 삼키고 고개를 작게 끄덕였다.

하늘의 군청색 부분이 시시각각 진해지고 있었다.

미나모와 함께 하야토가 떠난 것과 같은 방향으로 걸었다. 아무래도 그녀의 집도 그쪽이라나.

"……."

"……."

두 사람 사이에 대화는 없었다.

그저 미나모의 집을 향해 주택가를 걸을 뿐.

이따금 흘끗 이쪽을 살피는 미나모의 시선을 느꼈다.

하지만 카즈키는 뺨을 석양에 단풍색으로 물들이며 곤란

161

하다는 표정을 짓기만 했다.

이야기를 들어줬으면 한다.

하지만 어떻게 이야기하면 좋을지 알 수가 없었다.

미나모도 그것을 알고 있는지 끈기 있게 기다려주었다.

이런 상황과 스스로가 답답했다.

그리고 그때 쿡쿡 웃음소리가 들렸다.

"미타케?"

"어, 아뇨, 표정이 엄청 이리저리 바뀌어서…… 학교에서는 본 적이 없는 그런 표정을 짓게 만드는 상대라니, 어떤 아이일까 해서요."

"……평범한 여자애, 라고 생각해. 하지만 다른 애와는 조금 다르다고 할까, 잘 웃는 천진난만하고 재미있는 아이인데, 굉장히 쓸쓸해하는 표정을 보고 말아서……."

"그게 묘하게 마음에 걸렸다는 거네요."

"하지만 파고들어서 물어보기에도, 뭐라고 하기 그런 거리감이 있는 사이라……."

"그러니까 이제부터 친해져서 친구가 되고 싶은 거군요?"

"!"

다시금 생각해보면 가장 뇌리에 새겨져 있는 것은, 수영장에서 본 『좋아했던 사람이 있거든요』라고 말했을 때의 얼굴.

후회, 쓸쓸함, 체념── 항상 보여주던 천진난만한 미소의 뒤에 감추어져 있던 감정이 어느 순간에 흘러나오고 만 것.

대체 누가 그녀에게 그런 표정을 짓게 만들었다는 말인가.

놀라움, 의문, 분노── 가슴속에 느껴지는 수많은 마음에 정의를 끼워 맞추어 봐도, 그 어느 것도 들어맞지는 않았다.

모든 것이 이제까지 느낀 적이 없는 감정이었다.

가슴을 누르고, 한숨과 함께 생각 그대로의 말을 흘렸다.

"……그럴지도 모르겠어. 하지만, 스스로도 잘 모르겠거든. 여자 상대로는 이런저런 일이 있었으니까……."

"무서운가요?"

"어……?"

하지만 미나모에게서는 생각도 하지 않았던 말이 돌아왔다.

어째서? 무심코 걸음을 멈추고 그녀의 얼굴을 들여다봤다.

그러자 미나모는 두세 번 눈을 깜박인 뒤, 묘한 표정을 지었다.

"무척 불안해 보이는 얼굴이에요. 누군가에게 깊이 한 걸음 내디딘다…… 그게 무척 무서운 일이라는 건 알아요. 저도 자주 대화를 나누게 되어서 친구가 됐으면 좋겠다고 생각했지만, 좀처럼 그럴 계기가 없어서 망설인 적이 있었어요. ……음, 제 착각이라면 미안해요."

"……아."

무언가가 가슴으로 쿵 떨어졌다. 무심코 지금 자신의 얼굴을 쓰다듬어봤다.

두려움, 불안, 무서움.

정말로 그 말 그대로였다.

어쩌면 친구의 동생이라는 사실도 영향을 줬을지 모른다.

생각해보면 지나친 의심 탓에 너무 신중해져서, 그야말로 우스꽝스러운 모습을 보인 것이리라.

카즈키에게 친구는, 특별하다.

기껏 중학교와 다르게 제대로 돌아가는 이 상황이 변해버리는 것이, 참을 수 없이 무섭다. 일찍이 그때까지의 평온이 한순간에 와해되어버린 적이 있었으니까, 더더욱.

이때 처음으로 겁쟁이가 되었다는 사실을 깨달았다.

그리고 카즈키는 체념한 듯 가볍게 머리를 내저었다.

"……아니, 미타케 말이 맞아. 나는 무서운 거야, 또다시 외톨이가 되는 게…… 겁쟁이네. 전에 한 번, 크게 실패도 했고……."

마음의 무른 부분을 밝혔다. 조금 늦게, 스스로를 상대로 기가 막힌다는 한숨도 새어 나왔다.

하지만 미나모는 그런 카즈키를 웃지도 않고 달래지도 않고, 다만 눈동자가 흔들리는가 싶더니 담담하게 입술을 떨었다.

"혼자는, 싫죠."

"……미타케?"

"저도 어느 날 갑자기 혼자가 되었어요. 그러니까……."

자조하듯 희미하게 웃는 그 모습이 마치 자신의 거울 같았다.

가슴이 크게 뛰었다.

결코 자신만이 특별한 게 아니다.

카즈키는 눈을 크게 뜨고, 가슴에 댄 손으로 셔츠에 주름을 만들고, 그리고 저도 모르게 미나모의 손을 붙잡았다.

"그, 그게, 내, 어, 연습에 어울려주지 않을래?"

"여, 연습……?"

"그, 그래, 연습, 친구가 되기 위한! 미타케가, 싫지, 않다면 말인데……."

충동적인 행동이었다.

말도 어딘가 변명 같았다.

무엇보다 스스로가 자신에게 놀랐다.

그것은 미나모도 마찬가지인지 어질어질 눈이 돌아갈 뿐. 하프 업으로 묶은 뒷머리가 팔짝팔짝 뛰었다.

하지만 이윽고 말의 의미를 이해한 미나모는 흠칫거리면서도 고개를 끄덕였다.

"아, 예, 저라도 괜찮──."

"멍! 멍멍멍, 와후!"

"윽! 미나모?!"

"이 녀석──, 렌토──…… 아니, 어머, 어머어머어머어머 미나모?!"

"꺅…… 아, 렌토랑 아마미 씨?!"

그때 미나모를 향해 기세 좋게 달려오는 대형견이 있었다. 러프 콜리 렌토였다. 주인인 노령의 여성도 끌려왔다.

카즈키는 반사적으로 미나모를 감싸듯이 앞으로 나왔지만, 렌토가 급정지했다. 오도카니 예의 바르게 앉아서, "멍!" 하고 등 뒤에 있는 미나모를 향해 인사한다.

　"괜찮아요, 카이도. 이 아이—— 렌토는 장난꾸러기지만 다정하고 똑똑한 아이니까요."

　"와후!"

　미나모가 쓴웃음 지으며 앞으로 나와 머리를 쓰다듬어주자, 렌토가 기쁜 듯 울음소리를 높였다.

　렌토는 카즈키가 봐도 미나모를 잘 따르고 있었다.

　"미안해요, 렌토도 참, 미나모를 보고는 달려가 버려서."

　"후후, 괜찮아요. 늘 있는 일이니까요…… 그렇지, 렌토?"

　"멍!"

　"정말이지, 이 아이도 참…… 그건 그렇고 미나모, 무척 멋진 남자애랑 사이가 좋구나? 최근에 헤어스타일도 바꿨고, 설마…… 어머, 어머어머어머어머?!"

　"후에?!" "엇?!"

　어머어머라며 신이 난 목소리에, 그제야 손을 붙잡고 있다는 사실을 깨달았다. 황급히 거리를 벌렸다.

　"카, 카이도랑은 그런 사이가!"

　"미타케랑은 그런 게 아니라!"

　"어머어머 우후후후후, 방해하면 미안하니까 난 물러날게. 가자꾸나, 렌토."

　"멍!"

그리고 무엇을 착각했는지, 그녀는 의미심장한 미소를 지은 채로 떠났다. 오늘따라 분위기를 파악했는지 렌토도 말을 잘 들었다.

　뒤에 남겨진 카즈키와 미나모가 서로 얼굴을 수치심으로 새빨갛게 물들이는데, 카즈키의 스마트폰이 메시지 도착을 알렸다.

　『더워. 럼레이즌. 쿠키&크림.』

　누나의 메시지였다. 적혀 있는 것은 간결하게 그것뿐.

　카즈키는 평소의 분위기를 되찾고 쿡쿡, 쓴웃음을 흘렸다.

　무슨 일이냐며 고개를 갸웃거리는 미나모에게 스마트폰 화면을 보여줬다.

　"……저기, 이건?"

　"누나가, 집에 올 때 아이스크림 사 오래."

　"그렇군요. 아, 누나가 있었군요."

　"설설 기는 동생을 맡고 있어."

　"후훗."

　그리고 부드러워진 분위기 가운데, 미나모는 가슴 앞으로 꼭 주먹을 쥐고 돌아봤다.

　"그 아이랑도 잘 풀렸으면 좋겠네요."

　"어, 응. 열심히 할게."

　그리고 카즈키는 결의에 찬 미소로 답했다.

만남

일요일 아침, 키리시마네 거실.

소파에 앉혀진 하야토는 떨떠름한 표정을 짓고 있었다.

"……아직 안 끝났어?"

"오빠, 움직이지 마!"

"히메, 너무 딱 붙이지 말고 볼륨 있게 흘리는 편이 낫지 않을까? 사키는 어떻게 생각해?"

"후에?! 으으음, 뭐든 신선한 느낌이고 인상도 다르다고 할까……."

히메코를 중심으로 셋은 이래저래 30분 이상 하야토의 머리를 만지고 있었다.

이따금 옷도 다른 것으로 바꾸며, 마치 무슨 마네킹 상태. 하야토는 꾸미는 것에 딱히 고집도 없으니 맡기고만 있었다.

보기 싫지만 않다면 그걸로 충분하다는 것이 본심이지만, 꺄아꺄아 즐거워하는 그녀들에게 찬물을 끼얹는 것도 꺼려졌다. 게다가 딱히 싫은 것도 아니었다.

다시금 눈앞의 세 사람에게 시선을 옮겼다.

낙낙한 니트에 스키니 팬츠를 조합한, 조금 어른스러운 느낌을 의식한 히메코.

느슨하게 짠 서머 니트와 패널 스커트를 조합한, 고등학생답게 캐주얼한 모습의 하루키.

그리고 조금 화사한 외출용 원피스를 걸친 사키.

세 사람 모두, 가까운 사이라 하는 빈말이 아니라 정말 귀엽다고 생각한다.

동생, 소꿉친구, 동생의 친구.

하야토가 그녀들 옆에 있는 것은 우연히 그렇게 가까운 관계이기 때문.

특히 하루키는 재회한 뒤로 사복부터 신경을 쓰게 되어 점점 매력적으로 변해가는 것을 가까이서 보고 있다. 거기까지 생각하자 미간에 주름이 새겨졌다.

"이걸로 됐어!"

그때 히메코의 만족스러운 목소리가 사고의 늪에 빠지려던 의식을 끌어올렸다.

"오, 평소보다 남자다운 느낌이 조금 올라간 듯한데—?"

"평소와 분위기가 꽤 달라서, 살짝 두근두근하네요~."

어떠냐며 가슴을 펴는 히메코. 아무래도 납득이 가는 완성도인 듯했다.

하야토는 간신히 끝났느냐는 해방감과 함께, 헤어젤 때문에 평소와 다른 감각이 느껴지는 머리카락을 살짝 만졌다. 무척 길게 뻗어 있었다.

그러고 보니 마지막으로 머리를 자르러 간 것은 언제였더라? 생각하기를 잠시.

"다음에 나도 헤어숍에 가볼까……."

""""어?!""""

툭하니 흘린 혼잣말에 놀라움을 드러내는 세 사람.

"하, 하야토가 멋을 부리기 시작, 했다고……?!"

"오빠, 오늘 아침에 뭐 이상한 거 먹었어?!"

"오, 오빠가 도시의 색깔로 물들어가……."

"……뭐냐고."

하야토가 그녀들의 반응에 입술을 삐죽이자, 드물게도 하루키가 "자자" 하며 달랬다.

초가을의 햇살은 무척 부드러워졌지만 아직 여름이 아쉽다는 듯 열기를 머금고 있었다.

걸으면 천천히 땀이 나는 햇살. 하지만 놀러 가기에 딱 좋은 날씨이기도 했다.

가장 가까운 역의 개찰구는 어딘가로 외출하려는 사람들을 모조리 날름 집어삼켰다.

그런 가운데, 하야토와 사키는 발매기에 나란히 서 있었다.

"으음, 지금 있는 역은…… 역은…… 어디지……."

거미줄처럼 촘촘하게 펼쳐진 노선도를 보고, 빙글빙글 눈이 돌아갈 것만 같은 사키. 옆에서 표를 산 하야토가 그 모습을 보고 도우러 나섰다.

"180엔 표를 사면 돼."

"고, 고마워요."

"나도 처음에는 노선도를 보고 엄청 헤맸거든."

"아하하, 역이 너무 많고 환승 같은 것도 복잡해서 혼란스럽네요."

"그렇지, 나도 아직 익숙하진 않아."

서로 쓴웃음을 흘리며 개찰구를 지나자, 그곳에는 먼저 간 히메코와 하루키가 왜 이리 늦느냐는 표정으로 기다리고 있었다. 사키와 얼굴을 마주 보고 어깨를 으쓱였다.

홈으로 나오자 바로 전철이 들어왔기에 마침 잘됐다며 올라탔다.

차 안은 좌석이 전부 채워지고 손잡이를 붙잡은 사람이 여기저기 보일 정도로 붐볐다. 그 모습을 본 사키가 툭하니 중얼거렸다.

"굉장해, 자리가 전부 차 있어…… 만원 전철이야……."

하야토는 한순간 사키의 말이 무슨 뜻인지 알 수 없어서 차 안을 재차 둘러보고, 히메코는 그만 웃음을 터뜨렸다. 그리고 하루키는 싱긋 미소 짓고 몹시 다정한 음색으로 이야기했다.

"사키, 진짜 만원 전철은 꽉꽉 찰 정도니까, 지금의 세 배 정도는 사람이 타야 해."

"예?!"

믿을 수 없다는 듯 눈을 크게 뜨고, 사람으로 채워진 자리로 시선을 향하는 사키. 정말이야? 하는 묻는 눈빛을 받은 히메코가 쓴웃음 지으며 억지로 화제를 바꾸었다.

"그건 그렇고 사키, 여기선 전철 이용에 교통카드가 있는 게 편리해."

"그거, 개찰구에 삑 대는 그거지?"

"나는 스마트폰 앱을 써. 포인트도 쌓이니까."

"호오~, 나도 그거 쓸까……."

"응응, 그래. 그보다, 오빠는 왜 안 만들어?"

"그건……."

동생이 빤히 쳐다보자 말문이 막혔다.

그다지 필요성을 느끼지 않는다는 것이 솔직한 심정이었다. 최근엔 알바나 병문안도 교통비를 아끼려고 걸어 다니니까, 더더욱.

"그러고 보니 사키, 오늘은 어떤 식으로 돌아보는 거야?"

"그, 그게 우선은 생활에 필요한 도구를 사고, 옷을 보고, 마지막으로 얼마나 여유가 있을지 파악한 다음에 가구 같은 큰 걸 돌아볼까, 해요."

"그런가. 짐꾼을 맡을 사람도 더 불렀으니까 팍팍 사도록 해."

그러면서 하야토는 억지로 화제를 바꾸었다.

히메코가 "아, 오빠가 도망쳤어!"라며 소리를 높이자, 사키도 하루키도 아하하 웃었다. 하야토는 고개를 절레절레 내저으며 머리를 긁적였다.

전철을 타고 20분 남짓, 목적지에 도착했다.

세계에서도 유수의 탑승객을 자랑하는 이 역은 흡사 복잡한 요새나 거대한 미로 같아서, 줄을 지은 사람의 무리가 강처럼 끊임없이 흐르고 있었다. 몇 번인가 놀러 오기는 했지만 마음을 놓았다가는 어딘가로 떠내려갈 것만 같아 아직 익숙해지기는 먼 듯했다.

하물며 처음 이곳에 온 사키는 완전히 압도되어서 눈이 빙빙 돌고 있었다.

"와, 와, 와, 사람이?!"

"아하하, 사키 이쪽이야─. 자, 손."

"으으으~……."

인파에 삼켜져서 어딘가로 끌려갈 것만 같은 사키는 그대로 미아가 되지 않도록 계속 히메코와 손을 잡게 되었다. 평소와는 다른 구도에 하야토가 흐뭇하게 미소 지었다.

그럼에도 역 빌딩 안에 넘쳐나는 가게나 광고가 신기한지 시선을 두리번두리번 여기저기로 헤매는 모습은 그야말로 시골 사람.

그런 그녀의 뒷모습을 따뜻하게 지켜보다가, 쿡쿡 웃음을 흘리는 하루키와 눈이 마주쳤다.

"사키한테도 저런 어린아이 같은 구석이 있구나."

"들뜨는 건 이해돼, 나도 그랬으니까. 하지만 그것만이 아니야."

"응?"

"조심스럽게 굴지 않고 우리한테도 본래 모습을 보여주게 된 게 아닐까 싶어. ……그날, 선언한 것처럼."

"⋯⋯⋯그런가. 그러네, 응, 확실해."

하루키는 살짝 눈썹을 추켜올리며 작게 웃었다.

이윽고 약속 장소인 새 오브제가 보였다.

"새 오브제! 있지있지, 히메, 새 오브제가 정말로 있어?!"

"나 있지―, 이거 처음으로 봤을 때, 상상보다 엄청 작다고 생각했거든―."

"그러게! 유명한데 말이지!"

""그치―!""

사키는 이제까지 텔레비전이나 인터넷 너머로만 본 적이 있는 심벌마크에 잔뜩 신이 났고, 히메코도 그에 이끌려 함께 들떴다.

둘이 꺄아꺄아 떠들고 있는데, "여어"라며 마음 편한 목소리가 들렸다.

"오늘은 더욱 화사하네. 잘 어울려. 평소보다 조금 어른스러운가?"

돌아보고 어리둥절한 표정을 짓는 히메코.

움찔 굳어서는 눈을 끔벅거리는 사키.

두 사람의 시선 앞에 있는 것은, 평소보다 더더욱 반짝반짝 빛나는 카즈키였다. 그가 사람 좋은 미소를 싱긋 짓고서 팔랑 손을 흔들었다.

마주 보기를 잠시.

이윽고 상황을 파악한 히메코가 "아!"라며 목소리 높였다.

"카즈키 씨! 혹시 머리 잘랐어요?"

"잘 알아보네. 으음, 어때?"

"잘 어울려요! 전보다 미남도가 올라갔다는 느낌? 저도 한순간 누군지 몰라서, 혹시 헌팅?! 했어요!"

"아하하, 헌팅이라니, 히메코 정도로 귀여우면 자주 남자들이 말을 걸진 않아?"

"아니—, 없어요 없어, 전혀. 그보다 머리는 미용실에 갔나요?"

"응, 누나한테 추천하는 가게를 물어봐서."

"와! 누나가 있군요?! 어떤 사람일까?! 사진 같은 거 있나요?! 만나보고 싶어!"

"저, 저기 그건 그게, 기회가 생기면."

카즈키에게 누나가 있다는 이야기를 듣고 히메코가 눈을 반짝였다.

쩔쩔매는 카즈키.

어떻게든 얼버무리려 시선을 움직이다, 옆에 있는 사키를 알아차렸다.

"그런데 옆에 있는 애는……?"

"아, 얘는 사키! 옛날부터 친구예요. 그리고 사키, 이 사람은 카즈키 씨. 오빠 친구!"

"후에?! 무, 무라오 사키예요…… 그게, 과자 시로에도 계셨죠? 저기, 안녕하세요……."

사키는 갑자기 자신에게 이야기가 돌아오자 놀라면서도 꾸벅 머리를 숙였다.

"나야말로 제대로 인사해야지. 나는 카이도 카즈키야. 하야토 군의 수제 빙수는 어땠어?"

"예?! 저, 저기, 그건……."

카즈키의 농담에 허둥대며 얼굴을 붉히는 사키.

그러자 과자 시로라는 단어에 반응한 히메코가 불쑥 따지듯이 한 걸음 앞으로 나왔다.

"그렇지, 카즈키 씨도 거기서 알바 시작했나요? 놀랐다고요, 정말!"

"가끔씩 도와주러 가는 정도야. 그날은 우연히 인원이 부족하단 걸 들어서."

"호오, 그래도 꽤 익숙하던데요? 그때처럼 호스트같이 접객하면 인기 있을 거예요!"

"아하하, 그건 손님이 너희였으니까. 다른 손님한테 그랬다가는 혼날 거야."

"아— 그러네. 동료의 동생에게 하는 특별 서비스 같은 거구나."

"나로서는 하야토 군의 동생이라서 그런 게 아니라, 친구라서 그랬다고 생각해줬으면 좋겠는데."

"예?"

그러고는 깜박 윙크를 하는 카즈키.

히메코는 한순간 당황했지만 퍼뜩 무언가를 깨달은 듯 손뼉을 짝 쳤다.

"아하, 아까 헌팅을 다시 하는 거예요? 카즈키 씨 재미

177

있어—!"

"……마음에 드신다니 다행이네."

카즈키의 입가가 살짝 굳었지만 금세 싱긋 미소를 붙였다.

유쾌하게 웃음을 터뜨리던 히메코가 "아!"라며 소리 높였다.

시선 앞에 있는 것은 도로변에 세워져 있는 화려한 푸드 트럭. 차체에는 생크림 가득 보기에도 달 것 같은 크레이프 그림이 그려져 있고, 젊은 여성 손님이 잔뜩 서 있었다.

"와, 와, 크레이프! 크레이프야!"

"차에서 만들어?! 어떻게 된 거야?!"

"오빠, 잠깐 갔다 올게! 기다려!"

"나, 나도!"

점점 눈을 반짝이는 히메코. 더는 못 참겠다는 듯, 사키를 잡아끄는 모양새로 돌격했다.

순식간에 벌어진 일이었다.

두 사람의 뒷모습을 지켜보던 카즈키가 쓴웃음을 흘리자 하루키가 놀리듯 말을 건넸다.

"아—, 카이도도 참, 차여버렸네."

"그러게."

"사실 나는 처음으로 크레이프 노점을 본 히메코의 정신을 다른 쪽으로 끌 수 있는 게 있다면, 그거야말로 뭔지 알고 싶어."

""……풉.""

어이없다는 눈빛으로 중얼거리는 하야토와 그도 그렇다며 웃음을 터뜨리는 하루키와 카즈키.

줄 맨 뒤에 서서 메뉴 간판을 가리키며 어린아이처럼 신이 난 히메코와 사키를 보며 눈가에 미소를 그렸다.

그러자 카즈키가 절실하게 말을 흘렸다.

"히메코, 역시 다른 애랑 다르게 재미있어."

"어, 뭐야? 혹시 카이도, 히메 노리는 거야?"

"설마! 그런 거 아냐. 좀 더 친해졌으면 좋겠다고는 생각하지만."

"흐응? 뭐, 히메는 귀여우니까…… 그렇지, 하야토?"

"……나한테 묻지 마."

동생 이야기가 건네지자 뭐라 할 말이 없었다. 하루키의 놀리는 시선은 하야토 역시도 대상이었다.

벅벅 얼버무리듯이 머리를 긁적이고, 상황을 정리하기 위해 헛기침을 한 번. 그리고 카즈키를 찬찬히 관찰해봤다.

히메코가 지적한 것처럼, 얼핏 평소와 같아 보이지만 다르다. 구체적으로 어디가 어떻게 그런지 말할 수는 없지만, 평소보다 더욱 상쾌해 보이는 인상을 받았다. 틀림없이 히메코가 외출하기 전에 기합을 넣었던 것과 비슷한 무언가가 작용한 것이리라.

그렇구나. 혼자 납득하며 카즈키에게 물어봤다.

"어— 그 머리, 헤어숍이라고 했지? 그……."

"하야토 군이……. 그래, 다음에 가르쳐줄게."

"도움 좀 받을게, 땡큐."

"하핫, 이 정도는 아무것도 아냐."

카즈키는 한순간 놀랐지만 다른 사람처럼 놀리지는 않고, 오히려 그녀들에게 흘끗 시선을 향하고는 어딘가 납득한 음색으로 대답했다.

그것이 어쩐지 마음속을 꿰뚫어 보는 것 같이 느껴져서 등줄기가 근질근질했다. 문득 옆에 있는 하루키가 툭하니 중얼거렸다.

"하야토가 헤어숍에 가보겠다니, 혹시 사키가 계기야?"

"어?"

예상 밖의 말에 무심코 이상한 목소리가 나왔다. 마주 본 그녀의 눈빛은 몹시 진지한 기색을 띠고 있었다.

스스로에게 물어보듯 다시금 생각해봤다. 자주 대화를 나누게 되고, 점점 다양한 모습을 보이며 변해가는 사키를 보고 눈부시다고 느꼈다.

……눈앞의 하루키처럼.

하지만 자신은 과연 어떨까? 어딘가 초조함 같은 것을 품고 있다.

그것을 인정하듯, 하지만 그런 마음을 들키지 않도록 무겁게 입을 열었다.

"……그럴지도."

"……그렇구나."

하루키는 그런 하야토를 바라보고 곤란하다는 표정으로

애매하게 웃었다.

　크레이프를 사 온 히메코와 사키를 맞이하고, 통행에 방해가 되지 않도록 길가로 이동했다. 그곳에서 두 사람은 크레이프를 조금씩 먹고 있었다. 아무래도 그녀들에게 먹으면서 걷는 것은 무척 고도의 스킬이었나 보다.

　"와! 캐러멜이랑 호박이 이렇게나 어울린다니! 아, 근데 사키의 초코바나나도 엄청 맛있어 보여!"

　"이건 생크림 가득해서 폭신폭신해! 히메코, 한 입 교환할래? 자, 아─앙."

　"아─앙…… 응, 이쪽도 맛있어!"

　"아, 히메, 생크림 묻었어!"

　"아니, 어디?!"

　코끝에 생크림을 묻힌 히메코가 입 주위로 혀를 날름 헤맸다.

　그것을 보던 카즈키는 쓴웃음과 함께 "여기야"라며 손수건으로 쓱 닦아주고, 히메코는 "아"라고 조금 애절한 목소리를 높이며 손수건을 바라봤다.

　의외의 반응에 놀라서 굳는 카즈키.

　하야토는 빤히 쳐다보며 한숨을 한 번 쉰 다음 정답을 가르쳐줬다.

　"크림 아까우니까 핥아먹고 싶었던 거야, 카즈키."

　"아?! 오빠, 좀 세심하게 굴어! 카즈키 씨, 고마── 아니,

웃지 말아요, 정말~!"

"아하하, 미안미안."

"히메, 옛날부터 식탐이 엄청나니까…….."

"사키까지?!"

배신당했어?! 라는 듯한 시선을 받은 사키를 중심으로 웃음이 퍼졌다.

하야토는 안타까운 동생의 모습에 어이없어하며 스마트폰으로 시선을 되돌렸다. 화면에는 근처 가게 정보가 죽 나열되어 있고, 너무나도 많아서 어디를 어떻게 돌아야 할지 알 수가 없었다.

"어떻게 할까…….."

고민이 말로 변해 입에서 튀어나오자 하루키가 어리둥절한 표정으로 들여다봤다.

"어떻게 한다니 뭘? 가게?"

"응, 그래. 이렇게나 잔뜩 있으니까 말이지."

"후훗, 이럴 때야말로 대부분의 물건이 갖추어진 가게를 알아."

"오, 어디야?"

"100엔숍."

"아, 그렇구나. 저기 커다란——."

"100엔숍인가요?!"

하루키의 목소리를 들은 사키가 환호성을 높였다. 눈동자는 기대감으로 반짝반짝 빛났다.

하야토는 눈을 끔벅거린 뒤, "결정이네"라며 미소로 답했다.

일요일의 도심부는 사람으로 북적였다.

키가 큰 빌딩이 여럿 서 있고 다양한 가게가 처마를 맞댄 그 사이를, 인파의 흐름을 타고 쑥쑥 헤엄치듯 걸어갔다.

이미 몇 번인가 왔지만 여전히 거리의 규모와 많은 사람에게 압도당해서, 그만 두리번두리번 신기한 듯 주위를 둘러보고 만다.

"……아."

"……하루키?"

하루키가 작게 목소리를 흘렸다. 그 목소리에는 어딘가 쓸쓸함이 배어 있었다.

하야토가 의아한 시선을 향하자 하루키는 그때야 처음으로 자신이 목소리를 흘린 것을 깨닫고, 저질렀다는 듯 거북한 표정을 지었다.

그녀는 한순간 미간에 주름을 짓고서 망설였지만, 주저하는 기색으로 어느 가게를 가리켰다.

"그게, 저기."

"보호묘 카페 히다마리?"

"그게 있지, 츠쿠시가 생각나서……."

"아……."

츠쿠시── 츠키노세의 황폐해진 니카이도가 창고, 일찍

183

이 하루키의 방이었던 곳에서 발견하여 보호한 새끼고양이. 츠쿠시를 둘러싼 이야기를 떠올리고, 형용하기 힘든 표정을 짓고 있는 하루키를 본 하야토도 입을 다물고 말았다.

그걸 깨달은 하루키가 애써 꾸미듯이 미소를 얼굴에 붙이려 한 순간── 그것을 가로막듯 하야토가 말을 던졌다.

"요전에 사키가 그룹 채팅방에 올린 츠쿠시 사진 있잖아, 배를 드러내고 잠들어서, 보는 사람도 행복하게 만드는, 풀어진 표정이었지."

"어? 아, 응, 귀여웠지. 실제로 신타 군이랑 아저씨도 헤롱헤롱하는 모양이고."

"아저씨가 매일같이 사진을 보낸다던가?"

"그래그래. 사키도 도시로 간 딸보다 츠쿠시를 더 신경 쓴다면서 투덜거렸어."

"그건 아저씨 잘못이네."

"하지만 츠쿠시 덕분에 아버지와 대화가 늘었대."

"아하하, 그럼 츠쿠시 님 만세네."

"후후, 그러게."

얼굴을 마주 보고 함께 웃었다.

평소 같은 분위기가 흘렀다.

한바탕 웃은 뒤, 하야토는 앞을 돌아보고 별것 아닌 듯이 말을 흘렸다.

"그래서 말이지, 이렇게 웃을 수 있는 것도 츠쿠시를 발견해서 구하려고 한 하루키 덕분이야."

"……!"

한순간 멈춰 서서 눈을 끔벅거리는 하루키.

"……그런가."

그녀는 가슴에 손을 대고, 천천히 얼굴에 미소가 번지며 하야토를 따라가려다가 어떤 사실을 깨닫고 목소리를 높였다.

"어라, 사키는?"

"……어?"

하루키의 지적에 주위로 시선을 향했지만 모습이 보이지 않았다.

의아하게 생각한 하야토는 조금 뒤에서 떠들고 있던 히메코와 카즈키에게 물었다.

"히메코, 카즈키. 사키 어디 있어?"

"그―러―니―까―, 저는 딱히 먹보가―― 어, 사키? 어라……?"

"어? 어디 있지…… 저기다!"

"저건……."

주위를 둘러보고 사키의 모습을 발견한 카즈키가 손을 들어 가리켰다.

그곳에는 모르는 여성에게 붙들려서 대화 중인 사키의 모습.

"초음파가 더러운 모공을 씻어내고, 저주파 전기로 근육을 자극해서 얼굴 리프팅 효과도 얻을 수 있어서, 지금보다 훨씬 미인이 될 수 있어요!"

"그런가요? 하지만 저한테는 아직 이런 건 이르다고 할까, 게다가 돈도……."

"아뇨아뇨, 젊을 적부터 주위와 차이를 만들어야죠! 확실히 30만 엔은 고액이라고 생각하지만, 지금 이 신상품 모니터링에 등록해서 매일 사용한 뒤 사진을 보내기만 해도 매월 3만 엔의 사례금이! 딱 1년만 하면 그대로 돌려받을 수 있다고요!"

"어머, 그건 이득이네요!"

"그래요그래요! 그러니까 모쪼록——."

"미안합니다, 이 애는 제 일행이라."

"어?!"

황급히 튀어 나간 하야토가 보호하듯이 사키의 손을 붙잡고 끌어당겼다.

품속으로 들어온 사키는 "어? 어?"라며 연신 하야토와 그녀를 교대로 바라봤다.

그녀는 갑작스러운 하야토의 행동에 허를 찔렸지만, 금세 생긋 수상쩍은 미소를 얼굴에 붙이고 손뼉을 짝 치면서 아양 떠는 목소리로 세일즈를 시도했다.

"아, 혹시 남친인가요? 지금 이 피부관리기로 여친을——."

"괜찮습니다! 가자, 사키."

"나, 남친?!"

더는 이야기할 게 없다며 대화를 끊고 발길을 돌렸다. 등 뒤에서는 분한 듯 "칫" 혀를 차는 소리가 들렸다.

"사키, 저건 그냥 상술이야. 싫거나 흥미가 없다면 제대로 거절해야 해."

"······예? ······아."

하야토가 어이없다는 심정을 담아 몹시 진지한 목소리로 타이르자, 그제야 사키는 처음으로 조금 전 자신이 어떠한 상황이었는지 깨닫고 애매한 목소리를 흘렸다.

카즈키가 수고했다는 듯 한 손을 가볍게 들고, 히메코가 사키 곁으로 달려갔다.

"괘, 괜찮아, 사키?"

"으, 응. 오빠가 도와줬으니까."

어깨를 떨어뜨리는 사키에게 하루키도 위로의 말을 건넸다.

"자자, 저런 사람은 억지스럽고 끈질기니까 어쩔 수 없어. 틈을 보이면 금세 접근하니까 말이지."

"사키도 시골에서 막 왔으니까 조심하도록 해. 그리고 자기가 예쁘다는 것도 자각하는 게 좋지 않을까?"

"후에?! 아으으······."

그리고 하야토의 충고에 얼굴을 붉히며 고개를 숙이는 사키.

히메코가 "오빠, 말이 심해! 좀 섬세하게!"라며 오빠에게 따지고 드는 와중, 그런 모습을 보고 있던 카즈키는 무언가를 걱정하는 듯한 목소리로 툭하니 중얼거렸다.

"······하야토 군은, 가끔씩 기습적으로 굉장한 소리를 하는구나."

옆에 있던 하루키는 참으로 어쩔 수 없다는 표정으로 "그렇지"라고, 작게 중얼거렸다.

100엔숍에 도착했다. 지상 5층, 지하 1층, 총 매장면적이 3000제곱미터를 넘는 국내 유수의 규모. 이전에 하루키와 함께 스마트폰을 사러 왔을 때도 들른 가게다.

""⋯⋯굉장해.""

가게 안으로 들어선 순간, 생활용품부터 인테리어나 취미, 자동차, DIY용품 등 각양각색의 상품이 우리를 맞이했다. 히메코와 사키는 놀란 목소리를 흘렸다.

"이거 전부 100엔이라니⋯⋯."

"과자에 문구에 화장품⋯⋯ 와, 저 도구함 귀여워!"

눈을 반짝반짝하며 상품에 대한 기대감을 높이고 있다.

게다가 구매 욕구를 자극당한 것은 딱히 둘만이 아니었다.

"토관이랑 쓰레기장 미니어처에 낫토 전용 교반봉, 게다가 온천 달걀 만드는 기계?! 나 잠깐 좀 보고 올게!"

"아, 기다려 하루, 나도!"

더는 못 참겠다며 가게 안쪽으로 달려가는 하루키와 히메코.

뒤에 남겨진 이들은 한순간 어안이 벙벙하다는 표정을 짓고, 미간에 주름을 짓고서 서로 마주 봤다.

"⋯⋯어 그게, 우리도 갈까."

"그러네요. 아, 필요할 것 같은 물건, 리스트로 정리해뒀어요. 자, 이거예요!"

"오, 이건 고맙네."

그리고 사키에게 건네받은 메모를 한 손에 들고 셋이서 살 물건을 보러 갔다.

"이 컵이라든지 예쁘지 않나요?"

"씻기 편해 보이고, 괜찮겠는데?"

"잠깐만, 아까 고른 접시를 생각하면 이쪽 색깔이 더 어울리지 않을까?"

"아, 확실히!"

"……듣고 보니, 카즈키 말이 맞을지도."

카즈키의 물건 고르는 센스가 반짝반짝 빛났다.

"저기 카즈키, 수납품을 정리한다면 이거랑 이거, 뭐가 좋을까?"

"수건 말인데요, 이 조합은 어떨까요?"

"으음, 색깔만이 아니라 디자인을 생각해도——."

물어보면 제대로 이유나 다른 좋은 예시를 언급해주는 카즈키에게, 점차 하야토만이 아니라 사키도 적극적으로 의견을 청하게 되었다. 쇼핑도 부드럽게 진행되었다.

잠시 후 제대로 음미를 거듭해서 필요한 물건을 갖추고, 계산을 마쳤다.

계산대를 나선 참에 하야토는 지극히 자연스레 짐을 들었다.

사키가 "아"라고 목소리를 높이는 것과, 카즈키가 넌지시 제안을 입에 담은 것은 동시였다.

"하야토 군, 반 들게."

"그럼 깨지는 건 내가 들 테니까 나머지는 맡겨도 될까? 부피는 크지만 별로 무겁지도 않고."

"오케이…… 어, 정말이네. 가벼워."

"그렇지? 들기는 불편하지만."

"아하하, 확실히."

짐을 나눠 드는 하야토와 카즈키.

그러자 사키가 조금 미안하다는 표정으로 두 사람에게 꾸벅 머리를 숙였다.

"미, 미안해요, 짐꾼을 부탁하게 되어버려서."

"괜찮아괜찮아, 원래부터 이럴 생각이었으니까."

"게다가 하야토 군한테, 좋은 **예행 연습**이 됐지 않을까?"

카즈키는 살짝 놀리는 투로 답했다. 그의 눈빛은 선물을 고르면서 그녀의 취향을 알게 되어 잘됐다고 말하는 것 같았다.

"뭐?! 야, 카즈키!"

"아하핫."

하야토는 비어 있는 손으로 카즈키를 쿡 찔렀지만 웃으며 받아넘길 뿐.

사키는 두 사람의 대화에 눈을 깜박이고, 진지하게 말했다.

"사이가 좋네요."

"어?!"

사키의 지적에 말문이 막혔다.

카즈키를 흘끗 본 뒤, 고개를 홱 돌리고는 부끄러운 듯 입을 열었다.

"뭐 그래, 친구, 니까……."

"어?!"

그러자 카즈키도 기습을 당한 듯 눈을 동그랗게 뜨고, "어어, 응, 그러네"라며 부끄러운 듯 고개를 돌렸다.

사키는 그런 두 사람의 모습이 눈부신 듯 눈을 가늘게 뜨고 쿡쿡 웃는 것이었다.

그 후 점심시간이 되었기에 히메코의 "좋은 가게 알아!"라는 발언으로, 젊은 층에게 인기인 저렴한 가격으로 유명한 이탈리안 패밀리 레스토랑에 가게 되었다. 이전에 영화를 보러 왔을 때 이용한 가게이기도 했다.

패밀리 레스토랑 자체가 처음인 사키는 "주문이 식권이 아냐?!" "음료 정말로 몇 번이든 부탁해도 돼?!" "이러고서 300엔이라니, 집에서 만드는 것보다 싸잖아……"라고, 예전의 하야토나 히메코와 비슷한 반응을 했다.

그런 사키에게 히메코는 득의양양한 얼굴로 "제대로 주문했는지 불안하다면 터치 패널에 이력을 볼 수 있다고?" "드링크바에서 진저에일이랑 그레이프 주스를 합쳐서 목테일 같은 것도 만들 수 있으니까"라며, 자못 익숙하다는 느낌으로 가르쳐줬다.

아직 패밀리 레스토랑 자체가 두 번째라는 사실을 아는 하야토는 그런 동생을 어이없이 빤히 바라보다. 모두가 식사를 마칠 무렵 이야기를 꺼냈다.

"이다음에는 어떻게 할래?"

"나, 가을 옷 보러 가고 싶어!"

"그러네요, 아까 100엔숍에서 당장 필요한 건 대강 갖추었으니까요."

손을 척 들고 주장하는 히메코. 사키도 동조했다.

그때 카즈키가 확인하듯 물었다.

"그럼 시티가 좋으려나?"

시티라는 단어에 한순간 몸이 굳고 반사적으로 하루키 쪽을 봐버렸다.

그 표정을 확인하기 전에 곧바로 히메코가 카즈키의 말을 이어받았다.

"어, 좋네요, 거기 가게가 많이 있으니까! 뭐, 오늘은 아무런 이벤트도 없다는 게 조금 그런 느낌이지만!"

그리고 히메코가 하루키에게 시선을 향한 것을 깨달았다. 아무래도 사전에 시티의 이벤트 정보를 파악했나 보다. 그 옆얼굴은 아주 조금 어른스러워 보였다.

'히메코, 저 녀석……'

하루키도 다소 놀라면서도 눈이 마주치자 싱긋 미소 지었다. 아무래도 시티행에 문제는 없을 듯했다.

"알았어, 그럼 시티로 갈까."

"시티라면, 저 커다란 빌딩이 바로 그 샤인 스피리츠 시티군요? 저, 기대돼요!"

"저기라면 우리도 보고 싶은 게 있으니까 마침 괜찮네."

"그런 거야, 오빠?"

"응, 그러니까 시티에서는 남녀 따로 쇼핑을 할까."

이리하여 다음 예정이 정해진 참에, 자리에서 일어났다.

샤인 스피리츠 시티는 60층이나 되는 랜드마크 타워를 중심으로 다양한 건물이 이어져 있었다. 그 위용은 마치 현대의 성곽 그 자체. 도심부 안에서도 한층 더 시선을 끄는 존재일 것이다.

그런 시티를 앞에 두고서 사키는 입을 떡 벌리고 눈을 크게 뜨며 불안스러운 목소리를 흘렸다.

"여, 여긴 입장료 같은 건 안 받겠죠?"

"가게니까 들어가는 건 당연히 무료야, 사키."

"와, 와, 그러네요!"

"아하하, 하야토 군도 처음 왔을 때 같은 소리를 했지."

"야, 말하지 말라고 카즈키!"

"호오, 오빠가."

"그렇구나그렇구나."

히죽히죽하는 히메코와 하루키의 시선을 받고, 도망치는 카즈키를 쫓아가듯 가게로 들어갔다. 그리고 시야에 날아든 광경에 무심코 걸음을 멈추었다.

도처에 빨강, 노랑, 오렌지 계열의 따듯한 색깔로 채색된 수많은 현수막이나 선전 시트. 『가을은 이렇게나 즐겁다!』 『이미 올해 가을은 시험해봤나요?』 『가장 먼저 뒤덮는, 뒤덮이는 가을!』, 그런 말이 여기저기서 춤추고 있었다.

　당황한 하야토와는 달리 히메코와 사키는 활기를 보이며 눈을 반짝반짝 빛냈다.

　"와, 와, 올가을 첫 할인 10% 세일이라고?!"

　"기간 한정으로 구입하면 스페셜 쿠폰이?! 빨리 가자, 히메!"

　"응, 하루도 가자고—!"

　"나, 나는 역시 하야토네 쪽이랑— 미야아아아～～～～앗!"

　여자 둘의 기세에 전율한 하루키는 저항도 공허하게, 끌려가듯이 사라졌다. 그 뒷모습을 애처롭다는 듯 바라봤다.

　"자, 우리도 갈까."

　"어, 그래."

　그리고 카즈키가 앞장서는 모양새로 이 자리에서 이동했다.

　찾아온 곳은 차분한 분위기의 화사한 잡화점. 디자인을 중시한 서랍장이나 펜 꽂이, 모던한 느낌의 머그컵이나 티슈 케이스 등 여자들이 좋아할 법한 실용품이 진열되어 있었다.

　하야토의 눈으로 봐도 어느 물건이든 좋은 완성도였다.

그러면서 가격이 지나치게 비싸지도 않았다. 여기라면 적당한 물건을 찾을 수 있을 듯했다.

"어떨까?"

"굉장하네. 그보다 잘도 이런 가게를 알고 있었네?"

"누나가 단골인 가게라서."

"……그렇구나."

쓴웃음 짓는 카즈키와 함께 얼른 가게 안으로 들어가서, 상담과 함께 여러 물건을 둘러봤다.

"역시 조금 전에 산 물건이랑 겹치지는 않는 게 좋겠지."

"사키도 제대로 골랐으니까. 그렇다면, 그것들과 다른 실용품은……."

"있다면 좋겠지만 없어도 곤란하지 않은 물건…… 하야토 군이라면 어떤 게 떠올라?"

"……화장실 막힌 걸 뚫는 뚫어뻥."

"푸핫! 아하하하하하하하핫!"

"우, 웃지 마! 나도 이건 좀 아니라는 거 아니까!"

배를 붙잡고 웃음을 터뜨리는 카즈키.

자기 발언에 문제가 있다고는 생각한 하야토는 카즈키의 반응에 뾰로통한 얼굴로 벅벅 머리를 긁적였다.

"애당초 여자가 원하는 물건이라니 잘 모르겠단 말이야."

"음식 같은 게 무난할 텐데."

"나도 그건 생각했지만, 뭔가 확 와닿지가 않아서……."

"역시 형태가 있는 것으로 하고 싶다, 이해해."

"그래…… 그럴지도…… 하지만 결국 뭐로 해야…….''

이야기가 출발점으로 돌아왔다.

고민스러운 분위기가 흐르기를 잠시. 카즈키가 문득 깨달았다는 듯 목소리를 높였다.

"으─음, 그럼 하야토 군한테 무라오가 써줬으면 하는 물건은 뭘까?''

"사키가 써줬으면 하는 물건?''

"평소에 그 사람을 보고 있다가, 이런 게 있다면 좋지 않을까 했던 물건 없어?''

"…………아.''

그때 문득 사키와 하루키에게서 받은 생일 선물을 다시 떠올렸다.

여우 도안이 있는 귀여운 앞치마에, 심플하고 투박하지만 **하루키**다운 스마트폰 케이스. 둘 다 하야토의 생활에 색채를 더해주고 있었다.

그러자 가슴에 무언가가 쿵 떨어지는 것과 함께, 어떤 물건이 번쩍 떠올랐다.

"……좋아, 정했어. 이것저것 좀 보고 올게.''

"어라? 나도 도와줄게.''

무엇으로 할지를 결정한 뒤로는, 이제까지 고민하던 것이 거짓말처럼 빨랐다.

몇 가지 디자인 중, 카즈키에게는 직접 상담하기보다 자신 안에 있는 것들을 정리받는 방향으로 이야기해서 골랐다.

이윽고 이거다 싶은 물건을 정해서 계산을 마쳤다.

물론 불안이 없지는 않았다. 이런 쇼핑을 하는 것은 처음이라서 더더욱.

"이걸로 괜찮을까?"

약한 마음이 그대로 말이 되어 입에서 새어 나오자, 카즈키는 "으─응" 하고 불안을 부추기듯 신음한 뒤, 다정한 목소리로 대답했다.

"괜찮아, 무라오는 하야토 군이 주는 선물이라면 뭐든 기뻐할 거야."

"……엄청 확실히 말하는데?"

"그야 그만큼 신뢰하고 따르는 모습을 봤으니까."

"그런가? 불과 얼마 전까지는 거의 대화도 없었으니까, 뭐 미움이나 받지 않으면 좋겠다만."

"으─응, 하지만 옛날부터 계속 알고 지낸 사이이기도 하잖아?"

"그렇지만, 하지만 그건……."

"그럼 질문을 바꿀게. 하야토 군은 무라오를 여자로서 어떻게 생각해?"

"──윽!"

그만 머리가 새하얘졌다.

생각하는 것도, 아니, 생각하는 것 자체를 배제하던 것이었다. 사키는 츠키노세 명사 집안의 외동딸인 데다 동생의 소꿉친구니까.

당황하는 하야토에게 카즈키가 물었다.

"혹시 무라오가 하야토 군을——."

하지만 카즈키는 거기서 말을 끊고, 몹시 진지한 눈빛을 보냈다. 말을 고르더니 어딘가 실감이 담긴 목소리로 충고했다.

"제대로 생각해야 해. ——왜냐면 말이지, 나는 그걸로 실패했으니까."

"카즈키……."

너무도 진지하면서 쓰디쓴 표정이었다. ——가슴이 아플 정도로. 하야토를 생각해서 말한다는 것을 알기에, 더더욱.

"…………."

하야토는 그 이상 아무런 말도 할 수가 없었다.

카즈키는 그런 친구에게 따지지 않고 어딘가 곤란하다는 표정으로 바라볼 뿐이었다.

◇ ◇ ◇

샤인 스피리츠 시티의 전문점 거리는 휴일이기도 해서 많은 손님으로 북적거렸다.

츠키노세의 산기슭에 있는 쇼핑몰과 달리 젊은 사람이 많아, 가게도 그들에게 맞춘 곳들뿐이었다.

누구든 쉽게 소화할 수 있는 귀여운 계열의 캐주얼 숍이나 계절상품을 풍성하게 들여놓은 어른스러운 곳, 프릴이나 레이스가 많아서 소녀다운 느낌을 강조하는 곳, 가죽이나 모피로 공략하는 브랜드에 기발한 디자인이나 무늬를 선보이는 곳 등등 천차만별이었다.

각각의 브랜드 특색이 가게마다 잘 드러나고, 사키는 보는 것만으로도 즐거워져서 기분이 들뜨는 것을 자각했다.

그것은 친구 히메코도 마찬가지인지, 두 사람은 물 만난 고기처럼 사람의 바다를 가르며 다양한 가게를 건너다녔다. ……하루키를 질질 끌고 돌아다니며.

"사키사키, 이런 것도 어때?!"

"와, 와, 이것도 멋져~! 하지만 이것도 나한테는 조금 분위기가 지나치게 달달하지 않을까? 그리고 노출도 많고."

"그렇지 않아!"

"히, 히메?"

"확실히 사키는 평소에 무녀 옷의 이미지도 있고, 깔끔하면서 산뜻한 느낌이야. 그래도 이런 계열도 분명 어울릴 거라고 생각하거든. 원래 이미지와 갭이 있어서 더."

"그, 그런가~?"

"기껏 도시에 왔으니까 제대로 이미지 체인지를 해보는 것도 괜찮을지도?"

"이미지 체인지……."

"자자, 대보거나 그냥 입어보는 건 공짜니까!"

"응."

히메코는 흐흥, 거친 콧김으로 웅변하고 밀어붙였다.

이 가게에서 이미 세 벌째였다. 슬슬 입어 봐도── 그렇게 생각한 참에 문득 깨달았다.

"그런데 히메 옷은──."

"아! 저기 있는 거, 하루한테 어울릴 것 같아!"

"미얏?!"

"──아."

사키가 말을 건네던 그때, 또다시 무언가 흥미를 끄는 옷을 발견한 히메코는 하루키의 손을 붙잡고 쌔앵 뛰어갔다.

홀로 남겨진 사키는 아하하 쓴웃음.

그리고 손에 든 옷을 가만히 바라보고 두리번두리번 주위를 둘러봤다. 가게 입구에서 전신 거울을 발견하고 조마조마하는 모습으로 다가가서 옷을 펼쳤다.

"어느 옷이든, 전부 귀엽네."

무심코 후우, 한숨이 새어 나왔다.

각각 자신에게 맞추어보고는 입고 있는 모습을 상상해봤다.

사전에 인터넷으로 옷을 보고 상상해보기도 했지만, 역시나 실제로 손에 들고서 맞추어보는 건 이미지가 크게 달랐다.

"이건 어떨까…… 조금 어린아이 같나?"

지금 대고 있는 것은 선명한 파스텔컬러가 인상적인, 천진난만한 느낌을 강조하는 옷.

"이쪽은…… 귀엽지만 조금 화려할지도?"

다음으로 대어본 것은 밝은 색상에 어깨가 크게 노출된 옷.

둘 다 귀여워서 끌리지만 모두 이제까지 사키와는 그다지 인연이 없었던 계통의 옷이기도 했다.

과연 자신에게 어울릴까? 소화할 수 있을까?

사키는 자신이 시골 사람이라는 것을 자각하고 있었다.

여하튼 녹음이 넘치는 츠키노세에서 도시로 나와서, 아직 열흘 남짓.

옛날부터 땋아 내리고 있는 헤어스타일도, 원래는 주위보다 옅은 색소가 도드라지지 않도록 묶었을 뿐이었다.

문득 히메코의 이미지 체인지라는 말이 뇌리를 스쳤다. 이런 옷들을 입고 평소와 다른 자신이 되어서 하야토 앞에 선 모습을 상상해봤다.

두근두근해줄까?

놀라줄까?

귀엽다고 생각해줄까?

아니면 이상하다고, 어울리지 않는다고 여겨서 쓴웃음을 짓지는 않을까?

다양한 하야토의 반응을 생각해보고는 빨개졌다가 파래졌다가, 일희일비하는 얼굴들.

그때, 등 뒤에서 조심스럽게 누군가 말을 걸었다.

"저, 저기……."

"햐, 햐앗?!"

그런 상태에서 갑자기 목소리가 들렸기에 놀라서 팔짝 뛰어오르고 말았다.

"죄, 죄송합니다?!"

"아, 아뇨 저도 그게, 저기……."

말을 건넨 사람도 사키의 과도하다고도 할 수 있는 반응에 놀라서 미안하다는 듯 꾸벅 머리를 숙였다. 사키도 황급히 반사적으로 머리를 숙였다.

그리고 사키는 그때 처음으로 자신이 전신 거울 앞을 점령하고서 이런저런 표정을 짓고 있었다는 사실을 깨달았다. 수상쩍은 모습이었나 싶어 뺨이 뜨거워졌다.

무어라 표현할 수 없는 분위기가 흐르다, 누가 먼저라고 할 것도 없이 ""아하하""라며 얼버무리듯 메마른 웃음을 흘렸다.

고개를 들어 말을 건넨 사람을 봤다.

첫 인상은, 어쩐지 뒤죽박죽이라는 느낌이었다.

밝게 물들인 머리카락을 뒤로 묶고, 수수한 모자에 안경. 하지만 그럼에도 단정한 얼굴은 감추지 못했다.

입고 있는 옷도 지금 사키가 손에 든 것과 비슷한 스타일을 훌륭하게 소화하고 있었다. 어쩌면 이 가게의 옷을 애용하는 것일까?

그녀는 눈에 띄지 않도록 조심하고 있지만 그럼에도 예쁜 소녀였다. 무심코 한숨을 내쉬고 말았다.

그런 그녀는 현재, 어딘가 말하기 힘들다는 듯 머뭇머뭇하고 있었다.

대체 자신에게 무슨 용건일까?

이것저것 생각하는 사이, 생각지도 않은 말이 그녀의 입에서 튀어나왔다.

"저기, 혹시 좋아하는 사람이 있나요?"

"…………어."

사키는 크게 눈을 뜨고서 숨을 삼켰다.

"그, 그게, 아니라면 죄송해요."

"저기 그게 으음, 어떻게 아셨나요?!"

"저, 저도 그러니까……."

"아!"

그러면서 그녀는 속눈썹을 늘어뜨리고 얼굴을 새빨갛게 물들였다.

"어, 어쩐지 옛날의 저를 보는 것 같아서, 그래서 그만 말을 걸고 말아서…… 갑자기 폐를 끼쳤을까요, 죄송해요. 아하하, 나도 참 뭘 하는 걸까……."

그녀 자신에게도 돌발적인 행동이었겠지. 그녀는 수치심에 몸을 빙글 돌려 그 자리에서 떠나려 했다.

사키도 모르는 상대가 우연히 말을 건네었을 뿐이니 이대로 보내주면 그만이었다.

하지만 사키는 몸을 돌릴 때 그녀가 내비친 표정에 쓸쓸함이나 후회와 닮은 기색이 떠 있는 것을 깨닫고 말았기에── 도저히 남 일처럼 여길 수는 없게 되어버렸다.

"저, 저기?!"

"?!"

정신이 들자 그녀의 손을 붙잡고 있었다. 이번에는 그녀가 놀라서 어깨를 움찔 떨었다.

그리고 사키는 순간적으로 자신의 가슴속에 있는 바람을 이야기했다.

"저, 저는, 좀 더 스스로를 바꾸고 싶어요! 이대로는 아직 이것저것 부족해서, 그게, 이대로 아무것도 안 한다면 바꿀 수가 없어서!"

"……예?"

"하지만, 스스로 어떻게 바뀌면 좋을지도, 조금 알 수가 없다고 할까……."

"……아."

자기가 봐도 참으로 두서없는 소리였다.

하물며 그녀와는 첫 대면. 무슨 말을 하는지 제대로 전해질 리가 없지만, 무슨 말이든 할 수밖에 없었다.

그러나 그녀의 변화는 극적이었다. 눈을 크게 뜨는가 싶더니, 무언가 자신의 생각을 입 안으로 굴리다가 진지한 눈빛으로 사키를 딱 마주 봤다.

그리고 양손으로 사키의 손을 붙잡았다.

"변하죠!"

"아, 예!"

"그래요, 지금 이대로는 좋지 않으니까…… 저, 중요한 걸 잊고 있었어요."

"잊고 있었다……?"

"이거, 봐요."

그러면서 그녀는 자신의 스마트폰을 사키에게 건넸다.

화면에 비치던 것은 교복 차림의 수수한 여자아이. 머리카락으로 눈을 가린 수수하고 어두운 표정과 복장으로, 교실에서도 묻힐 것 같은 아이였다.

"저기……."

이 아이가 대체 어쨌다는 것일까. 사키는 스마트폰과 눈앞의 화려함을 미처 감출 수 없는 소녀를 교대로 봤다.

그러자 그녀는 조금 부끄러운 듯, 자신의 비밀을 털어놓았다.

"그게, 옛날의 저예요."

"에에에에에에~으읍!"

무심코 큰소리를 낼 뻔해서 황급히 입가를 막는 사키.

갑작스럽게는 믿을 수 없는 변신이었다.

"바꾼다면 바뀌는 법이겠죠?"

"저기 그게 확실히, 어어~?!"

"다만 내용물은 별로 안 바뀌었다고 할까요……."

사키의 반응에 그녀는 가벼운 장난이 성공했다는 듯 수줍게 웃었다. 그리고 살짝 자조를 섞어 과거의 자신에 대해 이야기했다.

"저는 이런, 항상 고개를 숙이고 그늘에서 몰래 숨죽이고 있을 법한 눈에 띄지 않는 존재였어요. 하지만 그런 저한테 어느 사람이 말해줬어요. 『얼굴을 들고 가슴을 펴는 게 멋져』라고. 그래서…… 아하하, 단순, 하네요."

"그렇지 않아요!"

"?!"

"저도 무엇을 위해서 하는지 알 수 없었던 춤을, 예쁘고 멋있다고 칭찬해 줬으니까, 그러니까 그게, 그런 말 하지 마세요!"

"…………아."

마치 그녀는 거울에 비친 자신 같았다.

그래서 그렇지 않다며 그녀의 말을 필사적으로 부정했다. 인정할 수 없었다.

그런 사키의 마음이 전해졌는지 그녀는 놀라고, 눈을 끔벅거리고, 눈가에 미소를 그렸다.

마주 보기를 잠시.

이윽고 누가 먼저라고 할 것도 없이 쿡쿡 웃음을 흘렸다.

"어쩐지 미안하네요, 옷을 고르는데 갑자기 방해해버려서."

"아뇨, 좋은 이야기를 나눌 수 있었다고 할까…… 게다가 어쩌면 좋을지 고민 중이라……."

"그렇군요……."

사키의 말에 끄덕인 그녀는 턱에 손을 대고 온몸을 찬찬히 관찰했다. 그리고 후우, 한숨을 흘렸다.

"예쁜 얼굴이네요…… 스타일도 좋아요. 그러니까 뭘 입어도 어울릴 거라고 생각하지만…… 오히려 그래서 어렵겠어요."

"후에?! 그, 그건……."

"지금 손에 든 옷이라면…… 그러네요, 잠깐 실례할게요."

"저, 저기 어……?"

그녀는 말하기가 무섭게 사키의 땋은 머리를 풀고, 익숙한 손놀림으로 하프 업 스타일을 만들었다.

그리고 사키가 가지고 있던 옷을 손에 들고서 몸에 대고, 시선을 전신 거울로 재촉했다.

"자, 봐요."

"……어?"

이상한 목소리를 흘리고 말았다.

그곳에 비치는 것은 사키이자 사키가 아닌, 익숙하지 않은 화사한 여자아이.

무심코 정말로 이건 자신이냐고, 찰딱찰딱 얼굴을 이래저래 건드려서 확인하고 말았다.

"옷만이 아니라 헤어스타일도 맞추면 더욱 효과적이지 않을까요."

"괴, 굉장해……."

"오, 너네 귀엽네, 그거 갖고 싶어? 사줄까?"

"괜찮으면 그거 입고 같이 놀러 갈래?"

"어라, 거기 너 머리카락 원래 머리야? 미쳤는데?!"

"피부도 기미 하나 없이 하얗잖아. 와우!"

"……어?" "윽?!"

그때, 갑자기 누군가 말을 걸었다.

돌아보니 2인조였다. 취향 고약한 액세서리를 짤랑짤랑 단 경박해 보이는 남자 둘. 살짝 붉은 뺨으로 실실 값을 떠보는 것 같이 기분 나쁜 시선을 던지고 있다.

그들이 무슨 말을 하는지도, 누구인지도 알 수 없었다.

그러나 사키는 바로 오늘 아침에 장사꾼한테 걸렸을 정도.

그리고 이럴 때 어떻게 대처해야 하는지 막 들었다.

그래서 사키는 처진 눈을 있는 힘껏 찌릿 끌어올리고 의연한 태도로 목소리를 높였다.

"거절할게요!"

◇ ◇ ◇

그 무렵 하루키는 히메코에게 휘둘리며 쩔쩔매고 있었다.

"하루하루, 다음은 이거 할래? 해볼래?"

"히, 히메, 그건 조~금 지나치게 원색이라 화려하지 않을까?"

"정말이지. 하루는 최근에 나아졌다고는 해도, 금세 무난한 흰색이나 검은색 계열만 고르곤 하잖아? 도전이라고, 도전!"

"으윽……."

오늘의 히메코는 억지스러웠다.

이것저것 다양한 옷을 차례차례 가져오니 받아들고서 따라가는 것이 고작이라, 빙글빙글 눈이 돌고 말았다.

'사, 사키 도와줘~.'

마음속으로 도움을 청하다가, 문득 몹시 크고 날카로운 목소리를 들었다.

사키의 목소리였다. 움직임을 멈추고, 히메코와 서로 얼굴을 마주 보고 함께 끄덕였다.

그녀가 큰 목소리를 내는 일은 드물다. 무언가 피할 수 없는 상황이라 생각해서 황급히 그녀에게 달려갔다.

"아하하, 얼굴은 귀여운데 기가 세네. 하지만 드센 것도 싫진 않거든."

"마침 둘씩이니까 우리 클럽으로 와."

"싫어요, 그보다도 당신들한테 흥미 없어요!"

사키는 모르는, 껄렁한 남자 둘에게 둘러싸여 있었다. 명백하게 헌팅 부류였다.

제대로 거절하고 있는 모양이지만, 저런 분위기여서야 그저 놀림의 대상일 뿐이었다. 그 증거로 그들은 더더욱 달아올라서는 억지로 그녀의 손을 붙잡으려 했다.

"사키한테 무슨 짓이야!"

"어?!"

그것을 본 순간, 하루키는 저도 모르게 몸을 움직이고 있었다. 곧바로 사키를 향해 뻗은 손을 붙잡아서 막았다. 뇌리에 스친 것은, 전날 선배에게 붙잡혔을 때 도와준 하야토의 모습.

심호흡을 한 번.

순간적으로 그때 그 하야토의 가면을 쓰고 그를 노려봤다.

"『이봐, 거절한대잖아? 너희한테 더 이상 용건은 없으니까, 다른 데로 가라고.』"

"휘이, 용감하시네. 아, 혹시 이 아이 친구?"

"괜찮아, 너도 따돌리진 않을 테니까!"

"『이야기가 안 통하──』──어?"

그러자 그들이 표적을 바꾸어 하루키는 팔을 붙잡히고── 깜짝 놀랐다.

뿌리칠 수 없었다.

상대와의 완력에 지나치게 차이가 나서 꿈쩍도 하지 못하고, 머릿속에 떠오른 하야토처럼 행동할 수가 없었다.

"큭, 이거 놔!"

"이잇, 하루키 씨한테서 손을 떼!"

사키도 그의 손을 떼어내려고 시도했지만 전혀 움직이지 않았다. 오히려 그들의 가학성을 자극할 뿐.

"하하, 괜찮아. 너희도 잊지 않으니까."

"그래, 잔뜩 사줄게!"

"……어, 아…….'

그들은 그런 소리를 하며 천박한 얼굴을 들이댔다. 숨결에서는 술 냄새가 났다. **여자**를 품평하는 듯한 시선으로 혀를 날름거리자 등줄기가 오싹 떨리고, 본능적인 공포가 덮쳐들어서 몸을 움츠리고는 눈을 감고 말았다. ──그때였다.

"좋─아, 가자가자아아아아야야야야얏?!"

"하루키한테 무슨 짓이야!"

"윽?!"

갑자기 끌어당기는 힘이 사라지는가 싶었더니, 하야토가 그의 팔을 비틀어 올리고 있었다. 카즈키도 슬며시 사키를 지키듯 사이로 끼어들고, 그 뒤에는 조마조마해서는 살짝 눈물을 글썽이는 히메코가 보였다.

험악한 분위기를 풍기는 하야토. 카즈키도 기분 나쁘다는 태도를 감추려 하지 않았다.

"아, 그래, 그런 거냐."

"칫, 빨리 말해달라고."

그들은 금세 재미없다는 표정으로 그 자리를 떠났고, 동시에 불온한 분위기도 사라졌다.

이쪽을 살피던 사람들도 흥미를 잃고 멈추었던 걸음을 다시 옮기기 시작했다.

그야말로 순식간에 벌어진 일이었다.

"하루키, 괜찮아?"

"읏! 어, 아, 응……."

하야토가 걱정스럽게 얼굴을 들여다봤다. 아무래도 마음을 놓고 있었나 보다. 순간적으로 괜찮다며 미소를 그렸지만 어딘가 어색했다.

그만 다시 떠올리고 마는 것은 조금 전의 일.

그 행동 자체에 후회는 없다. 눈앞에서 히메코가 "사키, 무사해서 댜행히햐~"라면서 울먹이는 얼굴로 사키에게 매

달리고, "난 괜찮아"라며 도리어 위로받는 모습을 보니 더 더욱.

하루키에게 사키는, **친구**는 특별하다.

하지만 뒤집을 수 없는 것을 느끼고 말았다는 사실도 분명했다. 저도 모르게 약한 소리가 입에서 튀어나왔다.

"……하야토랑 나는 있지, 전혀 다르구나."

"무슨 말이야, 갑자기?"

"하야토처럼, 사키를 도와줄 수 없었으니까. 정말로 엉망이라──."

"그렇지 않아요!"

"읏?!"

사키가, 말을 끝까지 하지 못하도록 가로막고 손을 꽉 붙잡았다. 가늘게 떨고 있는 것을 알 수 있었다.

"전 그 사람이 조금 무서웠고, 하루키 씨가 도우러 와줘서 기뻤어요!"

"사키……."

"뭐, 하루키가 생각 없이 뛰쳐나갔다가 실패하는 거야, 어제오늘 일도 아니니까. 그런 걸로 시무룩해하지 말고, 고개를 들고 하루키를 해냈다고 가슴을 펴."

"하야토…… 아니, 나를 해냈다는 게 무슨 뜻이야?!"

"으음, 뒤치다꺼리는 맡겼다?"

"정말~~~~!"

"아하핫!"

사키와 하야토의, 달라서 그게 뭐 어쨌냐는 듯한 말에 가슴이 슥 가벼워졌다.

"아."

평소의 분위기로 돌아가는 가운데 놀란 목소리가 들렸다. 사키와 함께 붙잡혀 있던 여자였다. 눈을 크게 뜨고서 입가에 손을 대고 있었다.

사키에게 아는 사람이냐고 시선으로 물었지만 참으로 애매한 미소만 돌아올 뿐.

하야토는 그녀를 보고서 표정이 굳어 있었다. 그 사실을 의아하게 여겨져서 하야토와 그녀를 교대로 봤다.

문득 무언가가 걸렸다.

"저, 저기, 도와줘서 고마워요!"

하지만 그 정체를 깨닫는 것보다도 먼저, 그녀는 꾸벅 머리를 숙이고 순식간에 이 자리를 떠났다.

"……아는 사람이야?"

하루키가 그렇게 물었지만, 하야토는 카즈키와 얼굴을 마주 보고 어깨를 으쓱일 뿐이었다.

"글쎄."

"으음."

하루키는 남자들끼리 무언가 통하는 모습을 보고, 입술을 삐죽였다.

◇ ◇ ◇

아이리는 인파 사이를 달려갔다.

눈꺼풀 안쪽에는 그들의 모습이 선명하게 새겨져 있었다.

눈부셨다.

솔직한 말을 서로에게 던지는 그들이.

그리고 틀림없이 그 사람일 것이다.

수영장에서도 만났던 것을 떠올렸다.

그녀가 카즈키를 단호하게 퇴짜 놓는 모습도 쉽게 상상할 수 있었다.

머릿속은 엉망진창이었다.

요란스러울 정도로 경종을 울리며 삐걱대는 심장은, 틀림없이 전력질주 때문만이 아닐 것이다.

가슴속에는 어째서 그곳에 자신이 없느냐는 말로 넘쳐났다.

대체 얼마나 달렸을까.

거친 호흡과 함께 주위를 둘러보니 어느샌가 소란스러운 거리에서는 진즉에 벗어나서 모르는 장소에 와 있었다.

처음 보는 아파트랑 상가, 근처 간선 도로를 오가는 자동차 소리.

마치 미아처럼 그곳에 한동안 서 있었다.

"나, 뭘 하는 걸까……."

자조하듯 중얼거리고 현재 위치를 확인하고자 스마트폰을 꺼냈더니, 메시지가 와 있는 것을 깨달았다.

『다음 미팅, 언제 어디였더라?』

모모카의 메시지였다.

평소처럼 손이 가는 내용이 적혀 있었다.

아이리는 대답을 입력하려고 중간까지 쓰다가 지우고, 그것을 두 번 반복하고는 통화를 터치했다.

『어? 야호— 아이링. 내 메시지 봤어?』

"……."

『어쩐지—, 이제 곧 다가온 것 같았단 말이지—.』

"……."

『밖은 아직 더워서 별로 나가고 싶지 않은데, 가을 옷 촬영이라니 말도 안 되잖아?』

"……."

『……아이링?』

"……아. 어, 그게……."

무심코 통화를 시작했지만, 모모카의 목소리를 들으니 무슨 말을 하면 좋을지 알 수가 없게 되어버렸다.

그저 "저기……"라든지 "응……" 같은 말을 몇 번 입 안으로 굴리고, 그리고 귀에 댄 스마트폰을 꽉 움켜쥐고 애써 밝은 목소리를 냈다.

"그보다도 모못치 선배, 아까 카즈키치를 찬 아이를 봤어요! 정확하게는 이미 한 번 봤다고 할까!"

『호오?』

"카즈키치가 말한 것처럼, 긴 흑발에 귀엽다기보다 예쁜 요조숙녀라는 느낌의 아이라서."

『······응.』

"하지만 외모랑 다르게 엄청 시원시원하고 멋있는 모습이 있어서, 저래서야 카즈키치가 고백해도 파박 단호하게 나온 게 이해된다고 할까!"

『············.』

"그리고 같이 있는 사람들도 엄청 좋은 사람들 같아서, 그러니 카즈키치도——."

『아이링.』

"——?!"

갑자기 모모카가 낮은 목소리로 말을 가로막았다. 그 목소리는 어딘가 그녀를 나무라고 있었다.

어깨를 움찔 떨었다.

『있지, 아이링. 나한테까지 **말을 잘못하지는 마**. 그러니까 있지, 지금 아이링의 솔직한 마음 말이야, 말해줘.』

"·····················아."

진심이 담긴 모모카의 목소리가 귀를 때렸다.

어느샌가 뺨에 뜨거운 것이 흐르고 있었다.

말과 숨이 막혔다.

하지만 모모카는 재촉하지도 않고, 그런 아이리를 받아들이며 대답을 기다렸다.

"가슴이 아파, 요."

그리고 아이리가 짜낸 말에 모모카는 숨을 삼켰다.

하지만 금세 평소의 밝고 태평한 목소리를 건넸다.

『그렇구나, 알았어. 그럼 나 지금부터 아이링한테 갈 테니까 기다려. 고기라도 먹으러 가자!』

"어, 아, 예."

『그보다, 아이링 지금 어디야?』

"그게, 모르겠어, 요……."

『혹시 길 잃었어?! 아이링은 손이 간단 말이지.』

"……모못치 선배한테 그런 소리 듣고 싶지 않아요."

『뭐—? 그럼 근처에 뭐가 보여?』

"모르는 아파트랑, 작은 신사?"

『결국 어딘데?! 뭐, 됐어, 어쨌든 기다려.』

"으, 응."

『그리고 맨얼굴이라도 용서해줘!』

"모델로서의 자각을 좀 가지라고요?!"

『뭐어—?』

어느샌가 쿡쿡 웃고 있었다.

또 그녀에게 '빚'이 생기고 말았다.

대체 얼마나 도움을 받고 있는 것일까?

모르겠다. 하지만 그런 마음이 자그마한 말이 되어 입에서 새어 나왔다.

"……고마워요."

『응? 뭐라고 그랬어?』

"위치 정보 확인해서 보내겠다고 했어요."

『오케이, 기다려.』

아이리는 전화를 끊었다.

그리고 얼굴을 들고, 가슴을 폈다.

하늘을 올려다보고 눈물을 삼켰다.

손을 뻗으면, 바로 닿는다

아직 해가 높이 떠 있는 오후.

일행은 샤인 스피리츠 시티에서의 쇼핑 후, 행거나 슬라이드식 책장을 구입하고 사키네 집으로 옮겼다.

카즈키를 역 앞까지 바래다주고 홀로 집으로 향했다. 참고로 여성진은 사키네 집에서 이것저것 정리한다나. 하루키는 "책장이라든지 조립하는 거 좋아하거든!"이라면서 제대로 벼르고 있었다.

그리고 귀가한 하야토는 바로 저녁 식사 준비에 착수했다.

드물게도 옆에는 스마트폰.

이따금 확인하듯 들여다보고 신중하게 조리를 진행했다.

"……정말 이걸로 괜찮을까?"

무심코 혼잣말했다. 얼굴에는 살짝 의심의 기색.

만들고 있는 것은 히메코의 리퀘스트. 얼마 전 SNS에서 화제가 된 『돌아오라, 닭고기로!』라는 요리.

냄비에 버터, 양파를 늘어놓고서 닭 허벅지살을 얹고 소금과 후추를 뿌린다. 그리고 뚜껑을 덮듯이 다시 양파를 얹은 뒤, 월계수 잎을 넣어서 그저 약한 불로 익힐 뿐. 물은 한 방울도 사용하지 않는다.

시간은 걸리지만 준비도 정리도 무척 간단한 요리였다.

그렇기에 화제가 된 것이었지만, 너무나도 맥없이 준비가 끝나서 하야토는 팔짱을 끼고 신음했다.

도시는 이래저래 편리하고 자극적이지만 그만큼 위험도 품고 있다. 사키는 멋들어지게 이것저것 걸려들었다.

그녀의 심지가 강한 부분이라든지, 신타에게 누나 같은 부분이라든지, 츠키노세에서 자주 히메코를 거들어주던 부분 같은 건 알고 있다. 하지만 오늘 같은 일이 생길 땐 역시나 경계심이 없는 부분도 있어서 제대로 지켜봐 줘야 한다는 기분이 들었다.

"사키, 인가……."

문득 이름을 꺼내어 중얼거렸을 때, 인터폰이 손님을 알렸다. "예—"라고 목소리를 높이며 다른 아이들을 맞이했다.

"어서 와…… 아니, 어라? 하루키, 사키, 이상하게 짐이 많지 않아?"

"아, 오빠. 그게 갑자기, 자고 가라는 흐름이 되어서요."

"그러니까 괜찮지, 오빠?"

"딱히 그건 상관없는데……."

참으로 갑작스러운 이야기였다. 놀라기는 했지만 이전에 하루키가 자고 간 적이 있어서 싫지는 않았다. 그래도 일단 못을 박았다.

"뭐, 공부도 제대로 해야 된다, 히메코."

"윽."

"아하하, 저도 제대로 공부할 거 가져왔어요."

히메코는 말문이 막혀서 시선을 헤매고, 사키는 가방을 들었다. 두 사람은 중학교 3학년, 수험생이다. 자고 간다고 해도 놀고만 있을 수는 없다.

그것과는 또 별개로, 신경 쓰이는 것도 있었다.

"그런데 하루키는 왜 그렇게 짐이 커?"

"응, 나?"

어찌 된 영문인지 하루키의 짐은 사키 이상으로 컸다.

갑작스럽게 자고 간다지만 하야토의 방에 갈아입을 옷은 이미 몇 벌 두었다. 그만큼 짐이 필요할 거라 여겨지지는 않고, 놀이 도구로서도 지나치게 부피가 컸다.

고개를 갸웃거리자 하루키는 히죽 짓궂은 미소를 지었다.

"으흐흐~, 신경 쓰여?"

"그야 뭐."

"좋아, 그렇다면 보여주지. 히메, 사키. 잠깐 괜찮을까?"

"어, 뭔데뭔데?"

"무슨 일인가요?"

하루키는 명백하게 무언가를 꾸미는 듯한 득의양양한 표정을 남기고, 두 사람을 데리고 히메코 방으로 사라졌다.

그리고 조금 늦게 ""꺄―!""라는 새된 목소리가 들렸다.

그 후로도 꺄아꺄아 신이 난 분위기가 엿보였다.

무엇을 꾸미는지는 알 수 없었다. 어차피 대단한 일도 아닐 것이다.

"……하아, 정말이지."

오늘 쇼핑도 그렇지만 남녀 따로 행동하는 일이 많아졌다.

딱히 그것이 나쁘다고 하려는 것은 아니지만, 지금처럼 자신만 따돌림을 당하는 것 같은 기분이 들 때가 있었다. 화제도 옷이나 화장 등등, 하야토가 들어갈 수 없는 것도 많았다. 여자들 이야기라서 그러려니 할 뿐이지만.

스스로에게 참으로 기가 막혀서 한숨을 흘렸다.

그와 동시에 똑똑, 거실 문을 굳이 조심스럽게 노크하는 소리가 들렸다.

"하야토―, 거기 있어?"

"하루키? 응, 있는데."

"그럼 연다? 히메, 사키. 하나둘셋 하면 갈까."

"오케이―!"

"아, 예!"

"하나― 둘―, 셋!"

"어?!"

하야토는 나타난 세 사람의 모습에 눈을 크게 떴다.

주황색을 베이스로 한 중화풍 고스로리 드레스를 입은 하루키. 머리카락도 좌우로 경단을 두 개 만들었다.

옆으로 시선을 옮기자 텔레비전 같은 곳에서 본 적이 있는 군복을 모티브로 한 아이돌 의상을 입은 사키. 헤어스타일은 사이드테일로 만들어서 신선했다.

히메코는 미니스커트 메이드복을 입고 있었다. 가슴께가 크게 벌어진 디자인에 빈약한 가슴이 한층 강조되어 참으로 눈물겨웠다. 머리카락도 천진난만하게 트윈테일로 묶어서 뭐, 그런 기호가 있는 사람에게 맞추어 힘내라고 응원을 보냈다.

"어때, 하야토? 놀랐어?"

"! 어 응, 놀랐어…… 그 의상은 어떻게 된 거야?"

"홋홋홋, 사실은 오늘, 몰래 산 거야! 포인트도 꽤 남아 있었으니까!"

"하루, 결국 다른 옷은 안 샀지만!"

"으윽, 그, 그치만…….."

"아하하, 하루키 씨다워요."

"하지만 나, 이런 거 한번 입어보고 싶었거든―. 그런 의미에서, 하루 굿 잡!"

"확실히 평소와 다른 옷을 입으면 신선한 기분이구나. 히메랑 하루키 씨 의상도 신경 쓰여."

"어? 그럼 나중에 의상 교환할까!"

신이 난 셋을 제쳐놓고, 하야토는 그저 멍하니 있었다. 코스프레 의상을 입은 그녀들에겐 평소와 다른 매력이 가득했고, 어느 옷이든 치맛자락이 짧기도 해서 눈을 둘 곳도 곤란했다.

그런 하야토의 분위기를 눈치 빠르게 발견한 하루키는 평소의 짓궂은 미소를 띠고서 바싹 다가왔다.

"있잖아, 하야토는 어떤 의상이 취향이야?"

"오빠 취향, 신경 쓰여요!"

"으엉?! 어— 저기, 이런 거 처음 봤으니까, 그게, 잘 모르겠어……."

"에이—, 오빠 그 대답 시시해—."

"시시해서 미안하네!"

황급히 시선을 홱 피했다. 하야토의 가슴은 하루키의 계획대로 무어라 형용할 수 없는 술렁거림을 연주하고, 하지만 그것을 인정하기에는 어딘가 분하다는 심정이 있었다.

가슴이 근질근질하는 것 같은 감각에 당황하는데, 갑자기 머리에 무언가가 툭 올라왔다.

"자, 하야토는 이걸로 참아줄게. 프리 사이즈라고는 해도, 역시나 의상은 안 들어갈 테니까."

"아하하, 오빠 어울려!"

"후훗, 조금 귀엽네요."

"……이게 뭐야?"

뭔가 싶어서 손에 들어봤더니 고양이 귀가 달린 카튜샤. 미간을 찌푸리다가, 니히히 웃는 하루키와 눈이 마주쳤다.

"자, 기왕이면 하야토도 같이, 그렇지?"

"……정말이지, 뭐 하는 벌칙이냐고."

그래도 하야토만 따돌리지는 않겠다는 하루키의 배려가 느껴졌다.

가끔은 이런 것도 괜찮겠지.

하야토는 어이없다는 한숨과 함께, 고양이 귀를 쓰는 것이었다.

키리시마네 거실에는 조금 비일상적인 광경이 펼쳐져 있었다.

"으음…… 하루, 여기 『in time』은 뭐라고 번역해?"

"때를 맞추다, 정도?"

"하루키 씨, 여기 『아헤즈』는 뭐죠?"

"견디지 못하다, 라고 번역하는 게 맞을 거야."

낮은 테이블에서는 코스프레를 한 하루키와 사키, 히메코까지 세 사람이 교재를 펼치고서 공부를 하고 있었다.

하야토는 그 모습을 주방에 앉아서 바라봤다.

공부를 못 가르치는 것으로 정평이 난 하루키지만, 히메코는 사전 대신에 사용하면 무척 편리하다는 사실을 깨달은 듯했다. 높은 순응성을 발휘한 사키도 친구를 따라 모르는 단어 따위를 물어봤다. 하루키 본인도 누군가 자신을 의지하는 것은 나쁜 기분이 아닌지 어딘가 기쁜 듯 웃음을 흘렸다.

그리고 문법이나 공식 등의 해설이 시작되면 두 사람도 말없이 교과서나 참고서를 펴기 시작했기에, 하루키의 얼굴이 미묘하게 굳었다. 그 모습에 하야토는 무심코 쿡쿡 웃음을 흘렸다.

그러자 그 모습을 알아차린 하루키는 빤히 흘려보고, 하지만 하야토가 읽고 있는 책을 알아차리더니 표정이 확 바뀌어서는 다가왔다.

"하야토, 그거."

"원동기 면허 문제집."

"정말로 면허 딸 생각이야?"

"응, 겨울방학 정도에 따면 좋겠다 싶어서."

"……나는 아무리 빨리 딸 생각이라도 봄방학은 되지 않고서야 무리야."

어딘가 토라진 듯 입술을 삐죽이는 하루키.

하야토도 곤란하다는 표정을 짓고 말았다.

"생일만큼은 어쩔 수 없지. 그보다, 하루키도 원동기 면허 따려고?"

"음―, 모르겠어. 다만 하야토한테 선수를 빼앗기는 게 조금―."

"어린애냐!"

어이없다는 듯 딴죽을 걸었지만 그 마음은 모를 것도 아니었다. 이제까지 무엇을 하더라도 함께였던 것이다.

혹시 하루키도 딸 생각이라면 예정을 바꿔서라도―― 그런 생각을 하는데, "에잇" 하고 하루키가 하야토의 주름이 생긴 미간을 찔렀다.

"그보다도 있지, 이 의상 어떻게 생각해?"

"……그야말로 천진난만함을 노린 느낌?"

"아핫, 그렇지―! 팔랑팔랑, 하늘하늘이 과해서 참 여자애라는 느낌이니까. 게다가 방심했다가는 금세 안이 보일 것만 같단 말이지."

"이 바보가, 들춰 올리려고 하지 마."

"후훗, 두근거렸어?"

"그래그래. 귀엽구나— 두근두근하네—."

"와, 엄청 영혼 없어."

그런 평소 분위기인 하루키가 빤히 흘겨보고, 하야토는 한숨을 흘렸다.

다시금 하루키를 바라봤다.

미스테리어스와 천진난만함, 그리고 소악마 같은 귀여움이 동거하는 의상과 헤어스타일은, 평소 청초함과 짓궂음을 내포하고 있는 하루키에게 무척 잘 어울렸다.

몸의 라인도 잘 드러나서, 여성스러운 곡선과 허리는 부러져버릴 것만 같이 가늘게 느껴지고 말았다. 부푼 치마에서 늘씬하게 뻗은 다리도 눈부셨다. 무의식적으로 두근댔다.

그리고 하루키는 히죽 웃고는 "여"라는 구령과 함께 다리를 내던지는 모양새로 기세 좋게 앉았기에, 하야토는 얼버무리듯이 시선을 히메코와 사키 쪽으로 옮겼다.

하루키도 함께 그 모습을 잠시 바라보고 툭하니 중얼거렸다.

"으—음, 군복 아이돌이랑 메이드가 나란히 공부하고 있다니 엄청난 광경이야."

"아까는 거기에 고스로리 차이나도 섞여 있었다고."

"아핫, 그건 카오스네."

"하지만 가끔은 이런 것도 괜찮네. 좀처럼 볼 수 없을 것 같은 모습이니까."

하야토가 그러면서 자신의 고양이 귀를 딱 튕기자, 하루키도 "그러네"라며 미소를 짓고는 스윽 눈매를 가늘게 만들었다.

"응응, 하야토한테도 제대로 눈보신이구나."

"하핫, 그럴지도."

"저거라든지 특히."

"저거? ……으응?!"

하루키가 시선으로 가리킨 장소를 봤다가 무심코 크게 눈을 부릅뜨고, 황급히 시선을 피했다.

단 한순간 시야에 날아든 것은, 쪼그려 앉은 사키의 뒤꿈치에 들려 올라가 버린 치마에서 엿보인 옅은 핑크색의 무언가. 가슴이 두근두근, 여봐란 듯이 뛰었다.

곤혹스러워하며 살짝 붉어진 하야토의 얼굴을 하루키가 빙긋이 웃으며 들여다봤다.

"이것 참~ 사키가 평소에 입는 건 있지, 치마라도 길이가 긴 것뿐이잖아. 교복은 짧지만 뭔가 불안하다는 표정을 짓고."

"어, 아 응……?"

"무녀 옷도 기본적으로 다리가 가려지다 보니, 틀림없이 저런 짧은 옷은 익숙하지 않으니까 그만 방심해서 저렇게 되었을 거야, 응."

"그, 그럴지도."

"그보다도 위는 딱 맞아서 틈이 없는 느낌인데, 아래는 디자인이라든지 이래저래 느슨하다니. 갭도 있어서 묘하게 야한 느낌 아냐?"

"모, 모르겠는데—."

"야하다고 그러니까, 사키 처음에는 메이드 옷이었거든. 하지만 그건 가슴이 강조되잖아? 이것 참, 전에도 말했지만 사키는 생각한 것보다 가슴이 있어서, 계곡이 생겨서 부끄럽다나."

"뭐?!"

"으흐흐~, 상상했어?"

"무슨, 그, 아니야!"

"……야하기는."

"시, 시끄러!"

""오빠?""

하야토가 소리를 지르자 무슨 일인가 싶어서, 히메코와 사키가 공부를 멈추고 이쪽을 쳐다봤다.

윽, 말문이 막힌 하야토.

솔직하게 말할 수도 없고, 제대로 사키도 쳐다볼 수가 없었다. 슬쩍 눈을 피했다.

하야토가 "아—"라든지 "어—"라든지 모음을 입 안에서 굴리고 있으니, 보다 못한 하루키가 어쩔 수 없다며 한숨을 내쉬었다.

"그게, 난 3월생이니까, 하야토만 먼저 원동기 면허를 딸 수 있다는 게 뭔가 연상 같아서 이상한 느낌이라."

"아— 그렇구나, 그건 좀 이해가 돼. 나도 하루가 한 살 언니라는 거, 석연찮은 때가 있는걸."

"히메?!"

"아, 아하하……."

응응, 끄덕이는 히메코와 쓴웃음을 흘리는 사키.

하루키는 배신당했다는 듯 원망스러운 목소리를 높였다.

문득 그런 하루키와 눈이 마주쳤다. 살짝 입술이 움직였다.

『'빚', 졌다고.』

하야토는 잠시 눈을 끔벅거린 뒤 쓴웃음을 흘렸다.

그러자 마침 그때 꼬르륵, 귀여운 배꼽시계가 울렸다. 소리의 주인인 히메코가 부끄럽다는 표정을 지었다.

"그게, 뭔가 좋은 향기가 나서!"

"아, 정말이네. 이거 뭐지…… 버터?"

"확실히 배가 고파졌어요. 슬슬 시간도 되었으니까요."

히메코의 말대로 부엌에서는 데운 버터 특유의 식욕을 부르는 향기가 흘러나왔다.

하루키도 킁킁 코를 울리고, 배에 한 손을 대고서 안절부절못했다.

"그럼 슬슬 저녁 준비를 할까."

"아, 오빠, 저도 도울게요."

그러고 하야토가 일어나서 부엌으로 향하자 사키도 마찬가지로 일어서서 도우러 나섰다.

조금 전의 일도 있어서 가슴이 크게 뛰었다.

다시금 사키를 바라봤다.

단정하고 딱딱함마저 느껴지는 상의에, 프릴과 주름이 겹쳐진 느슨한 치마. 그곳에서 평소에는 가려져 있는 희고 부드러운 피부가 쭉 뻗어 있었다. 꿀꺽 침을 삼켰다.

여기서 선의를 바탕으로 한 사키의 제안을 거절하는 것은 부자연스러웠다.

어떻게 말하면 좋을지 필사적으로 머리를 굴렸다.

"저기―, 옷이 더러워지면 안 될 것 같은데?"

"아, 확실히……."

적어도 옷을 갈아입도록 유도하는 하야토.

사키는 자신의 모습을 빙글 둘러보고 조금 아쉽다는 듯 미간을 찡그렸다. 아무래도 의외로 이 의상이 마음이 드나 보다.

"앞치마를 입으면 괜찮겠지. 게다가 혹시 더러워져도 그대로 세탁할 수 있는 옷이니까 문제없어."

"하루키 씨!"

"왜. 하야토도 기왕이면 귀여운 옷을 입은 여자애가 도와주는 편이 기쁘잖아?"

"아니, 그건……."

하야토가 빤히 흘겨보자 하루키는 잘했지? 라는 듯 엄지를 척 세웠다.

하야토는 기대감에 눈을 반짝이는 사키와 최대한 시선을 마주치지 않으며 툭하니 중얼거렸다.

"……그래― 사키가 입은 옷, 평소와 다른 느낌이 신선하고 잘 어울려."

"아!"

그러자 사키는 점점 얼굴을 새빨갛게 물들이고, "고마워요"라며 모깃소리 같은 목소리로 말하는 것이었다.

오늘 저녁은 오후부터 준비한 『돌아오라, 닭고기로!』와 샐러드.

그리고 또 하나가 더 있다.

프라이팬에 잘게 썬 양파를 한가득 갈색이 될 때까지 볶고, 거기에 주사위 모양으로 자른 감자와 소시지, 새송이버섯, 아스파라거스를 투입하고 소금과 후추를 뿌린다.

어느 정도 익었을 때 거기에 가루 치즈와 우유를 넣은 달걀을 넣어서 뒤섞고 뚜껑을 덮은 다음 약불로 도톰하게 익히면, 스패니시 오믈렛 완성이다.

"응~, 이 닭고기 부드러워! 리퀘스트한 게 정답이었어!"

"하야토, 이거 국물이 꽤 있는데, 정말 물 한 방울 안 넣은 거야?"

"응. 양파에 이렇게나 수분이 많다니 나도 놀랐어."

"이 오믈렛, 꽤 묵직하네요. 재료를 잔뜩 넣어서 이것만으로도 메인이 될 것 같아요."

시끌벅적 대화를 나누며 저녁을 먹었다.

어느 요리든 큰 접시에 담고 각자 덜어 먹는 뷔페 스타일이었다.

가벼운 파티 기분도 곁들여져서 모두의 마음도 들떴다.

"그러고 보니 하루, 아까 사키네 집 책장에 꽂은 건 뭐야?"

"아, 요전에 말했던 음악물 그거! 아니, 이제까지 음악이라든지 흥미 없었는데 인터넷 평판이 좋아서 봤더니 푹 빠져서 이건 포교해야겠다고 생각했거든!"

"요전에 추천한 애니메이션이구나! 녹화했어!"

"어? 그럼 이다음에 그거 상영회를 할까!"

"적당히 보고, 제대로 공부도 해라?"

"나도 알아, 그보다 오빠는 너무 엄하다니까, 정말!"

"하야토도 참 분위기 못 읽네—!"

"아, 아하하……."

"……정말이지."

뭐, 모처럼 자고 가는 거니까 말이지. 하야토는 어이없어하면서도 그런 한숨을 흘렸다.

저녁 식사를 마치고 잠시 쉰 뒤 하야토는 얼른 설거지를 마쳤다.

그동안에도 계속 하루키, 히메코, 사키는 거실에서 한마디도 없이 진지하게 텔레비전 화면에 빠져 있었다. 그만큼 재미있는 것이리라. 하지만 셋 다 여전히 코스프레를 하고 있기도 했기에, 저도 모르게 무어라 말할 수 없는 웃음을 흘렸다.

그러자 그때, 스마트폰이 그룹 채팅방 착신음을 울렸다.

그 소리에 히메코의 어깨가 움찔 반응했다.

　시끄럽다는 불평을 듣는 건 싫어서, 자기 방으로 달려가서 화면을 켰다. 카즈키의 메시지였다.

『오늘 수고했어.』

『어, 카즈키도. 그보다도 덕분에 살았어. 아무리 그래도 책장은 무거웠으니까.』

『그건 그냥 배달을 부탁하는 게 나았을지도 모르겠어.』

『그러게, 비용을 아낄 게 아니었어. 내일은 근육통이 올지도 몰라.』

『아하하, 뭐, 나도 웃을 때가 아닐지도.』

　그런 별것 아닌 대화를 나누고 있었더니 이오리도 모습을 드러냈다.

『오, 뭔데뭔데? 무슨 얘기?』

『전에 말했던 쇼핑 이야기.』

『아, 그렇구나. 하야토, 제대로 무녀님한테 답례는 샀어?』

『덕분에, 제대로 샀어.』

『오? 이제는 주는 것뿐이네.』

『그게 말인데…… 이거, 어떻게 주면 될까?』

『평범하게 그냥 주면 되지 않을까?』

『……히메코랑 하루키 앞에서는, 놀림을 당할 게 뻔히 보이니까 말이지.』

『아하하, 확실히. 그럼 단둘이 있을 때 슬쩍 준다든지?』

『으―음, 그것밖에 없겠네…….』

말은 그렇지만 무척 어려울 듯했다.

잘 생각해보면 의도적으로 사키와 단둘이 있었던 기억은
없었다. 무어라 이야기를 꺼내야 할까.

『뭐, 산 건 좋지만 줄 수가 없었다, 그렇게 되진 않도록 하
라고.』

『명심해둘게.』

『뭐, 하야토 군이라면 괜찮을 거라 생각해.』

그렇게 대화를 마무리했다.

그리고 문득 고개를 들자, 책상에 놓여 있는 자명종 시계
에 위화감을 느꼈다.

자명종 시계가 가리키고 있는 것은 4시 23분. 스마트폰
시각을 확인했더니 8시 45분. 명백하게 이상했다. 그리고
자명종 시계의 바늘이 움직이는 기척도 없었다.

확인하듯 몇 번인가 건전지를 뺐다가 다시 끼웠지만 꼼짝
도 하지 않았다.

"……건전지 다 됐나."

미간에 주름을 지으며 책상이나 방에 있는 선반을 뒤져봤
다. 하지만 아무리 뒤져도 예비 건전지는 보이지 않았다.

거실에 있을까 싶어서 얼굴을 내밀었더니 텅 비어 있었
다. 아무래도 히메코 방으로 이동했나 보다.

여기저기 뒤져봤지만 건전지는 없다. 애당초 요즘 시대에
건전지를 쓰는 것은 리모컨 정도뿐일 테니.

"곤란하네……."

하야토는 후우, 한숨을 내쉬며 머리를 긁적였다.

딱히 자명종 시계가 움직이지 않더라도 스마트폰이 있다면 충분하다. 하지만 어릴 적부터 계속 친숙하게 사용한 물건이었다.

평소에 자명종 시계로 시간을 확인하는 것은 몸에 밴 습관이었고, 그것이 움직이지 않는다는 것은 아무래도 불안했다.

다행히도 아직 아홉 시 정도니까 편의점에서 얼른 건전지를 사 오면 될 것이다. 그런 생각에 지갑을 확인하고 복도로 나왔다.

"꺅!"

"아, 미안해."

그러자 마침 그때 정면에서 퉁 가벼운 충격을 받고, 부딪혀서 휘청거리는 사키의 팔을 얼른 붙잡아서 안아 세웠다.

손바닥에서 델 것 같은 열기를 느꼈다. 눈앞의 특징적인 옅은 아마포색 머리카락 가마에서 달콤한 향기가 올라오고, 그것이 코를 간질여서 머리가 어찔하고 말았다.

목욕을 마치고 나왔는지 사키의 얼굴은 어렴풋이 상기되어 붉었다. 머리카락도 아직 촉촉하게 물기를 많이 머금고 있었다.

"미, 미안해요, 앞을 제대로 안 봐서……."

"나, 나야말로……."

사키는 코스프레가 아니라 유카타 차림이었다. 전날 츠키노세에서 간병을 받을 때 본 것과 같은 모습.

그다지 익숙하지 않은 모습에 가슴이 두근거렸다. 그런 동요를 들켜서는 안 된다는 듯이 재빨리 손을 놓고 거리를 벌렸다.

"그 옷……."

그러나 튀어나온 것은, 그런 머릿속에 남은 그대로의 말. 스스로도 저질렀다며 떨떠름한 표정을 지었다.

"이, 이건 그게 잠옷용이라고 할까 여관 같은 곳에서 입는 건데……."

"어, 어 응, 그렇구나."

"그래요!"

"저기 그게, 목욕, 했어?"

"예, 지금은 하루키 씨가 하고 있어요. 히메는 방에서 아까 보던 만화를."

"정말이지, 그 녀석은……."

"어, 뭐, 히메니까요……."

"……하핫."

"……후후."

누가 먼저라고 할 것도 없이 애매하게 웃고 이 상황을 얼버무리려 했다.

그리고 현관 쪽으로 걸음을 옮기자 사키가 의아하다는 듯 말을 건넸다.

"오빠, 어디 가는 건가요?"

"편의점에, 살 게 좀 있어서."

"펴, 편의점?!"

놀라움과 호기심이 뒤섞인 목소리를 높이는 사키.

하야토가 돌아보자 조마조마해서 차분하지 못한 모습으로 "그러고 보니 이쪽은 24시간 언제든지 편의점에서 물건을 살 수 있군요……"라고, 예전의 히메코와 같은 말을 중얼거렸다.

저도 모르게 눈을 끔벅거렸다.

확실히 이 부근은 치안이 좋다고는 해도, 여중생이 혼자서 편의점에 갈 기회는 없을 것이다. 도시에서의 생활도 익숙하지 않을 테니까 더더욱.

그런 평소에는 볼 수 없는 어린아이 같은 모습을 보고는 그만 웃음을 흘리고, 어떤 의미로 좋은 기회라고 생각해서 말을 건넸다.

"사키, 같이 갈래?"

"아, 예!"

간발의 차이도 없이 힘차게 대답을 하는 사키.

그리고 자신의 모습을 둘러봤다.

"아, 하지만 옷을 갈아입고 올 테니까 잠깐만 기다려주세요!"

"알았어."

타박타박 히메코 방으로 달려가는 모습을 흐뭇하게 지켜보았다.

밤하늘에 달은 없이 어슴푸레한 별이 흐릿하게 깜박이고 있었다.

가로등과 집에서 새어 나오는 불빛을 의지해서 도시의 밤 주택가를 사키와 함께 걸었다.

"……."

"……."

두 사람 사이에 대화는 없었다.

하야토는 무어라 말할 수 없는 표정이었다.

주머니에 있는 답례품을 손바닥으로 굴리며 생각하는 것은, 옆을 걷는 사키에 대해서.

무라오 사키.

서글서글하고, 무녀 옷차림으로 츠키노세 여기저기를 심부름으로 자주 다니고, 양이 잘 따르고 마을 사람들 모두에게 귀여움을 받는, 동생의 친구. 축제에서는 선명할 정도의 빛을 발하는 어딘가 눈부신 여자아이.

그런 그녀와 지금 단둘이서 밤의 편의점으로 향하고 있다.

신기한 느낌이었다. 이제까지 그다지 접점이 없었기에 더더욱. 여름방학 전까지라면 상상도 하지 않았던 상황에, 아직 조금 곤혹스럽다는 것이 본심이었다.

그리고 이건 선물을 줄 기회이기도 했다. 하지만 어떻게 줘야 좋을까. 적절한 말이 나오지 않았다.

사키는 현재, 아직 다 마르지 않은 머리카락을 밤바람에

나부끼며 도시의 밤 얼굴이 신기한지 두리번두리번 주위를 살피고 있었다. 입고 있는 옷은 조금 전의 유카타나 코스프레 의상도 평상복도 아닌, 낮과 같은 외출용의 조금 화려한 원피스.

'……히메코랑 같구나.'

신타나 히메코를 상대로 사키는 어딘가 어른스러운 구석이 있었지만, 동생과 같이 그 또래에 걸맞은 반응을 보여주니 무심코 쿡쿡 웃음을 흘리고 말았다.

"!"

하야토가 웃고 있는 것을 알아차린 사키는 얼굴을 새빨갛게 물들이며 고개를 숙였다.

하야토는 조금 미안한 짓을 했다는 표정으로 머리를 긁적였다.

"그게, 나도 처음으로 밤중의 편의점에 갈 때, 엄청 기대했거든."

"……어, 오빠도요?"

"밤인데도, 몇 시에 가도 낮과 마찬가지로 물건을 살 수 있다는 게 뭔가 믿기지 않아서, 사실인지 확인해주겠다, 하면서 조금 각오를 했던 거야."

"아, 알 것 같아요! 저도 사실은, 밤이 되면 파는 게 다르지는 않을까 생각하기도 했어요!"

"아하하, 그 마음 잘 알아. 낮이랑 뭐가 다른지 확인해야겠네."

"예! ……어, 그리고 보니 오빠, 뭘 사러 가는 건가요?"

"건전지야. 자명종 시계 건전지가 다 떨어져서…… 아, 도
착했다. 편의점이야."

"와아……!"

걸어가기를 10분 남짓.

주택가 변두리, 대로와 인접한 곳에 있는 편의점은 마치
그곳만 대낮에서 잘라낸 것처럼 환하게 밤거리를 비추고 있
었다.

그리고 불빛에 이끌리듯 가게로 들어오는 주민을 빨아들
이고는 내뱉었다.

사키는 그 모습에 눈을 반짝반짝 빛내며 빠져들어 있었다.

하야토는 예전의 자신이나 동생과 비슷한 반응을 보이는
사키를 흐뭇하게 생각하며, 그녀의 머리에 손을 툭 얹고 재
촉했다.

"갈까."

"예!"

편의점으로 들어간 하야토는, 우선은 목적인 물건을 찾자
며 일상용품 코너로 갔다.

"건전지, 어디 있지…….."

평소에 그다지 들여다본 적이 없는 코너는 펜이나 노트
같은 문방구, 세제나 스펀지 같은 주방용품, 화장지나 쓰레
기통 같은 일상잡화류가 빼곡하게 진열되어 있어서 원하는

것을 찾는 데 시간이 걸렸다.

탐색하기를 잠시.

혹시 건전지는 팔지 않는가 생각하기 시작했을 무렵, 간신히 찾던 것을 발견할 수 있었다.

"있네있네. 아, 사키는……?"

상당히 오랜 시간을 기다리게 만든 것 같은데.

그런 생각에 조금 미안하다는 기분으로 가게 안을 둘러봤더니 사키의 모습이 금세 보였다.

색소가 옅은 머리카락과 피부를 가진 사키는 무척 눈에 띄었다. 디저트 코너에서 몸을 바삐 움직이며 구경하고 있다면, 더더욱.

그런 흐뭇한 뒷모습을 봤더니 말을 거는 것도 주저되어, 탄식하면서도 잠시 지켜봤다.

그러자 한동안 이것저것 시선을 헤매던 사키는 어느 과자 앞에 멈춰서 손을 뻗었다.

"그거 사게?"

"예?! 오, 오빠! 으음 이건 그게……."

"얼마 전에 나온 W 마론 슈크림인가. 쿠키가 바삭바삭해서 맛있지."

"그, 그래요! 바삭한 쿠키도 그렇고, 농후하고 매끈매끈한 마론 크림이랑 폭신한 휘핑크림도 절묘해서!"

"응응, 맛있지. 이것만이 아니라, 거기 펌킨 푸딩이나 몽블랑 도라야키도 우열을 가리기 힘들어."

"와, 와, 그쪽도 신경 쓰였는데…… 아, 그런 이야기라면 여기 고구마랑 홍차 파르페도 있어요! 의외의 조합인데도, 겉보기에도 맛있어 보여요!"

과자 이야기에 눈을 반짝이는 사키.

아무래도 시골에는 없었던 다양한 종류의 단맛에, 히메코와 마찬가지로 빠져들었나 보다.

하야토가 흐뭇한 표정을 짓고 있었더니, 이건 어떠냐며 손에 든 다른 과자를 내밀었다.

"호오, 어디어디…… 305킬로칼로리인가."

"에, 이거 305나……?!"

"흠흠, W 마론 슈크림은 280킬로칼로리…… 둘 다 공깃밥 수준의 칼로리는 있네. 그러고 보니 낮에 크레이프도 먹지 않았던가?"

"……어, 아…… 오, 오빠도 참 짓궂기는."

입술을 삐죽이는 사키.

그리고 손에 든 과자를 바라보고 하아, 한숨을 쉬더니 떨떠름한 태도로 다시 선반에 놓았다.

하지만 하야토가 그것을 곧바로 손에 들고 씨익, 짓궂은 미소를 지었다.

"오빠……?"

"이런 날 정도는, 아무 생각 없이 좋아하는 걸 먹어도 벌은 안 받겠지."

"! 예……!"

눈을 끔벅거린 사키가 숨을 삼키며 표정을 풀었다.

하야토도 이끌려서 웃음을 흘리고, 퍼뜩 깨닫고서 손을 멈췄다.

"아, 히메코랑 하루키 것도 사 가야지, 안 그러면 삐지겠구나. 뭐가 좋을까?"

"⋯⋯⋯⋯아. 그러고 보니, 그러네요."

하야토의 혼잣말에 사키는 이제야 깨달았다는 듯 겸연쩍은 표정을 지었다.

가슴속에서 짓궂은 마음이 뭉실뭉실 피어올라서, 하야토는 하루키나 히메코를 놀릴 때와 같은 분위기로 말했다.

"혹시 깜박했어?"

"그, 그런 게."

"하핫, 그만큼 밤의 편의점이 기대됐구나."

"모, 몰라요! 정말~!"

사키는 입술을 삐죽이며 고개를 홱 돌리고, 하야토는 그녀의 뒷모습에 "미안미안" 하고 사과했다.

편의점에서 돌아가는 길.

갈 때와 다르게 사키와의 대화는 무척 신이 났다.

"편의점은 정말 많은 물건을 팔아서, 눈이 쏠려버리네요."

"나도 모르게 쓸데없는 걸 산다든지 말이야."

"맞아요! 저도 전날 같이 갔을 뿐인데, 히메가 희희낙락해서는 아이스크림을 골라서 그만."

"나도 요전에 늦잠 잔 아침에, 눈앞의 손님이 닭튀김 꼬치를 사 가는 걸 보고 사버렸어."

"어머! 그랬군요!"

"아하핫, 그랬지."

이제까지 소원하던 분위기였다고는 해도 고향이 주민 전원이 얼굴을 아는 시골인 데다, 동생의 친구다. 여기저기서 화제로 자주 올라와 서로 됨됨이는 알고 있었다.

척하면 척인 대화. 마치 이제까지 계속 이랬다고 착각할 만큼 대화의 톱니바퀴는 매끄러웠다.

그래서 스르륵 말이 나와 주었다.

"아, 그렇지. 사키, 이거."

주머니에 넣어두었던 어느 물건을 꺼내어 사키에게 건넸다.

"이건…… 키 케이스?"

데포르메된 여우 자수가 귀여운, 가죽제 키 케이스.

사키는 그것을 손바닥으로 굴리며, 눈을 끔벅거리며 하야토를 마주 봤다.

"요전에 츠키노세에서 열이 나서 쓰러졌을 때 신세를 졌으니까 그 답례라고 할까……."

"굳이 그럴 것까지는."

"그, 그리고 집 열쇠 같은 것도 그냥 그대로 들고 다니는 모양이고, 여우라고 하면 사키고, 이사 축하! 어— 그게, 이사 축하도 겸했다고 할까……!"

속사포로 변명 같은 말을 쏟아내는 하야토.

새삼 이런 선물을 하다니, 처음이었다.

상대는 최근에 거리가 좁혀졌다고는 해도, 동생의 친구. 무어라 형용하기 힘든 사이.

무어라 말할 수 없는 분위기 가운데, 사키는 빤히 키 케이스를 바라봤다. 그리고 표정이 화악 피어났다.

"……기뻐요! 소중히 쓸게요!"

"! 어, 응. 마음에 든다면 다행이야."

"예!"

불안이 없지는 않았다. 하지만 사키가 기쁨으로 넘치는 화사한 미소를 꽃피우자 그것도 한순간에 날아갔다.

어딘가 가슴이 근질거렸다.

이렇게 가까운 거리감으로 대화를 나누니, 사키라는 소녀의 이제까지 몰랐던 다양한 일면이 보였다.

웃는다, 화낸다, 놀란다, 토라진다——. 이리저리 표정이 자주 바뀌고 감정이 풍부한 그 얼굴은, 틀림없이 이제까지 히메코 앞에서도 보여주었던 것이리라.

그녀는 그것을 이제 하야토 앞에서도 보여주고 있었다.

어쩐지 신기한 감각.

게다가 이것은 사키 스스로가 바라고 일으킨 변화다.

그날, 축제가 끝난 뒤.

하야토와 하루키에게 자신의 마음을 드높이 이야기했을 때의 눈부신 모습은 무척 선명해서, 도저히 잊을 수 없을 것 같았다.

그때를 다시금 떠올리며 눈가에 미소를 그리다가 사키가 의아하다는 표정으로 들여다보는 것을 알아차렸다.

"오빠?"

"응? 아, 이렇게 지금, 사키랑 같이 있다는 게 신기한 느낌이라."

"⋯⋯그러, 네요. 츠키노세에 있었을 무렵에는 거의 대화를 나눈 적이 없었으니까요."

"그런데 지금은 이렇게 나란히 밤의 편의점에 가서 물건도 사고. 여름방학 전에는 상상도 못 했어."

"저도 그래요."

사키는 쿡쿡 웃고 한 걸음 앞으로 나섰다.

그리고 키 케이스를 붙잡은 양손을 뒤로 돌리고 아파트 쪽을 올려다봤다.

"틀림없이, 하루키 씨 덕분이에요."

"하루키 덕분이라고?"

"그룹 채팅방에 초대해주고, 츠키노세에도 찾아오고, 많은 장소로 손을 잡고서 데려다줬으니까요. 그때까지 닫혀만 있던 제 세계가 단숨에 열리고―― 떠올렸거든요."

"떠올려?"

"자신이 변하면 세계도 변한다는 걸요. 그러니까 저는 지금, 이곳에 있는 거예요."

"⋯⋯!"

빙글 돌아본 사키가 환하게 미소 지었다.

무척 아름다운 얼굴이었다. 올곧은 그 눈빛에 무심코 미소를 지었다.

　그리고 사키는 장난기 가득한 목소리로 노래하듯 말을 지저귀었다.

　"뭐, 갑작스러운 이사라 정말로 큰일투성이에요. 매일 아침 이불에서 기어 나오느라 고생하고, 쓰레기 버리는 것도 깜박해서 쌓여버리고, 저번에는 세탁기를 돌리고는 다른 일을 하다가 말리는 걸 깜박해서 저녁이 되어버리고!"

　"하핫, 깜박깜박하는구나."

　"오늘도 거리에서 판매원한테 붙잡히고, 이상한 사람이랑 엮이고."

　"그건 나도 깜짝 놀랐어."

　"아하하…… 그것만이 아니라 공부도 큰일이고, 주위는 모르는 사람들이 가득하고, 그것 말고도 기억해야 하는 게 가득해서 눈이 빙글빙글 돌 뿐이에요…… 하지만 여기에서는 가까운 곳에 히메랑 하루키 씨, 오빠가 있어요. 게다가――."

　사키는 하야토 앞으로 스윽, 수줍게 손을 뻗었다.

　"손을 뻗으면, 바로 닿아요."

　"……."

　의연하고 시원시원한, 강한 의지가 느껴지는 목소리였다.

　하야토는 무심코 숨을 삼키고 눈을 크게 떴다.

별것 아닌 그 행동이 어째선지 축제의 신악무를 추는 모습과 겹쳐져서 눈을 뗄 수가 없었다.

하지만 이것은 신악무가 아니다. 신이 아니라 하야토를 향해 추는 춤이며, 하야토는 그녀와 같은 무대에 서 있었다.

그래서 그러는 것이 당연하다는 듯, 빨려들듯이 사키의 손을 붙잡았다.

조금 서늘하고 부드러운, 자신의 손바닥에 폭 들어갈 것 같은 작은 손.

그것이 그녀가 여자라는, 이성이라는 사실을, 강하게 의식하게 만들었다.

가슴이 크게 뛰었다. 이제까지의 사키에게서는 생각할 수 없었던 의외의 행동이었다.

그런 사키는 지금 눈을 끔벅거리고 있었다.

마치 자신의 행동이야말로 의외라고 말하는 듯이.

서로 시선이 휘감긴 것도 한순간.

사키는 몸을 빙글 돌려서, 그대로 하야토의 손을 꾹 잡아당기며 기세 좋게 달려갔다.

"가, 가요, 오빠!"

"사, 사키?!"

등 너머로 말을 건넸다. 흘끗 보이는 사키의 귀는 붉었다.

그리고 사키는 수줍은 마음을 감추듯, 빠르게도 말을 던졌다.

"오빠, 밤에 편의점, 오늘처럼 자주 가나요?!"

"빈번하게 가는 건 아니지만, 우유를 깜박했다든지 쓰레기봉투가 떨어졌다든지 그럴 때는."

"히메랑, 하루키 씨랑 같이?!"

"같이 가기도 하고 혼자 가기도 하고, 때로는 두 사람한테 부탁을 받기도 해!"

"아핫, 일상의 일부군요!"

"그러게!"

"그럼 앞으로는 저도, 그런 오빠의 흔한 일상 안에, 넣어 줘요!"

"⋯⋯그래!"

그리고 횡단보도가 보였다.

신호는 아직 파란색이 깜박이기 시작했을 무렵. 충분히 바뀌기 전까지 건널 수 있다. 아파트는 바로 코앞이기에 평소라면 단숨에 뛰어서 건넜을 참이었다.

하지만 이 신기한 시간을 길게 끌려는 듯이, 아쉽다는 듯이, 누가 먼저라고 할 것도 없이 걸음을 멈췄다.

그곳에서 서로 어깨를 나란히 하고 허억허억 거칠어진 호흡을 가다듬었다.

사키는 정면을 똑바로 응시하며 툭하니 중얼거렸다.

"오빠가 처음이었거든요."

그러면서 사키는 이어진 손을 꼬옥 움켜쥐었다.

저는 여기에 있어요. 그렇게 자신을 주장하듯 힘차게.

"자신이 바뀌면 세계가 바뀐다고, 가르쳐준 거."

"……어? 그게 무슨……."

진지한 목소리였다.

하지만 하야토는 얼빠진 목소리로 답할 뿐.

무슨 이야기인가 싶어서 사키의 옆얼굴을 들여다보니, 그녀는 어딘가 먼 곳을 바라보고 있었다. 무척 소중한 무언가를 확인하는 듯한, 그립다는 눈빛이 비쳐 꼼짝도 할 수 없게 되었다.

그래서 그것이 사키에게 무척 중요한 일이라는 것만큼은 잘 알 수 있었다.

필사적으로 기억을 뒤졌다.

하지만 아무리 생각해도 떠오르는 일은 전혀 없었다.

사키는 미간에 주름을 짓고서 고개를 갸웃거리는 하야토를 보고 자못 당연하다는 듯 쿡쿡 웃었다.

"후훗, 비밀이에요."

"아, 잠깐만!"

사키는 파란불이 되자마자 달려갔다.

조금 전부터 사키에게 휘둘리고만 있다.

그리고, 그녀에 대한 인식이 분명하게 바뀌는 것을 느꼈다.

하야토가 "뭐냐고, 정말"이라며 토라지자 "아하핫" 하고 놀리는 것 같은 목소리가 돌아왔다.

그래서 항의하듯, 이어진 손을 꽈악 힘껏 맞잡기로 했다.

에필로그

『오빠♪』

멍한 의식 가운데, 갑자기 즐거운 목소리가 날아들었다.

돌아보니 무녀 모습인 사키.

그 밖에는 아무도 없었다.

사람만이 아니다. 주위에 아무것도 없었다.

하야토는 그저 둥실둥실, 구름 속 같은 장소에 있는 것이다.

대체 이곳은 어디일까 고개를 갸웃거리자, 갑자기 사키가 손을 붙잡고 몹시 뜨거운 시선을 향했다.

『후후.』

그녀가 몹시 요염한 미소를 짓고 매끄러운 손가락을 휘감는가 싶더니, 요염하게 몸을 기댔다.

『어?!』

갑작스러운 일에 놀란 하야토는 무심코 뒷걸음질 쳤다.

하지만 손이 단단히 잡혀 있는 덕분에 하야토가 사키의 손을 갑자기 끌어당긴 모양새가 되어, 그녀는 다리가 엉켜 버렸다.

이런, 그렇게 생각했을 때에는 이미 늦었다.

넘어지려는 사키에게 다른 한 손을 뻗으려고 했지만, 하야토 본인도 잡고 있는 손 때문에 균형을 잃고 함께 쓰러져

버렸다.

『──!』

목소리는 나오지 않았다.

머리는 무언가 부드러운 것에 파묻혀 있고, 고개를 들자 눈앞의 사키와 눈이 마주쳤다.

그 거리는 무척 가까웠다.

거의 마주 안고 있다고도, 밀어 넘어뜨렸다고도 할 수 있는 모습이었다.

황급히 몸을 떼려고 했지만 그녀는 놓치지 않겠다는 듯 뺨에 손을 대고, 이어진 손을 꽉 움켜쥐어 붙잡았다.

시선이 뒤얽혔다.

사키의 눈동자가 음탕한 색깔로 물들었다. 벚꽃색 혀끝이 날름 분홍빛 아랫입술을 훑었다. 떠오른 것은 소악마 같은 웃음.

서로에게 흘리는 숨결은 뜨겁고, 또한 거칠었다.

혼란스러운 의식 가운데 몸을 움직이는 사키의 옷 스치는 소리가 울렸다.

뒤늦게, 묘하게 달콤한 향기가 코를 간질이고 이성을 녹였다.

어질어질하는 머리로 시선을 내리자 백의가 들추어지고 가슴께는 외설스럽게 드러나 있었다.

침을 꿀꺽 삼켰다.

사키는 품속에 있다.

부드럽고, 달콤한 냄새가 나고, 이대로 꽉 끌어안으면 기분 좋을 것이다. 그런 그녀의 존재를, 이성을 가까이서 느낄 수 있었다.

그런 생각을 해서는 안 되는데, 안 된다고 머리로는 이해하는데, 시선을 뗄 수 없었다.

그런 하야토를 보며 사키는 쿡쿡 묘하게 웃고, 귓가로 입을 가져다 대더니 요염한 목소리로 유혹하듯 속삭였다.

『저, 귀여운가요?』

"──! 허억, 허억, 허억……."

참지 못하고 벌떡 일어났다.

심장은 벌렁벌렁 터질 것만 같이 경종을 울리고, 온몸은 땀과 켕기는 심정으로 흠뻑 젖어 있었다.

오른손을 얼굴에 대고 한심하게 푹 숙였다.

주위를 둘러보며 여기가 현실인지를 확인했다.

커튼 틈새로 보이는 하늘은 아직 어스름하고, 시각을 확인했더니 아직 다섯 시 전.

이 조용한 방 옆, 벽 하나를 사이에 둔 히메코의 방에는 무방비하게 사키도 잠들어 있음에 틀림없었다.

그 사실이 가슴에서 일렁이는 불씨를 더더욱 키워버릴 것만 같았다.

"젠장……!"

사키를 완전히 이성으로 보는 꿈. 친구 오빠로서는 최악의 꿈이었다.

몸은 얼버무릴 수 없을 만큼 사키라는 소녀에게 흥분하고 말았다.

손에 몹시 리얼하게 남아 있는 요염한 감촉은 과연 조금 전 꿈의 감촉인가, 아니면 어젯밤 붙잡았을 때를 떠올린 감촉인가.

죄책감과 배덕감에 짓눌려버릴 것만 같다.

침을 꿀꺽 삼키는 것과 동시에 크게 머리를 내저었다.

어금니를 꼭 깨물고 확인하듯 기억을 복습했다.

사키는, 훨씬 어릴 적부터 보았다.

집에서, 학교에서, 동네 길가에서.

언제나 히메코 옆에, 하야토와도 가까운 곳에 있었다.

웃고, 토라지고, 놀라고.

들뜨고, 기뻐하고, 뾰로통해지고.

지금은 그런 다양한 모습을 하야토에게도 보여주고 있다.

그럼에도 가장 뇌리에 선명하게 새겨져 있는 것은, 축제 때 신악무를 추는 모습.

무척 빛났다.

그때만이 아니었지.

츠키노세에서 자신의 바람을 이야기하던 그때도.

병원에서 심플하게 바라는 것을 입에 담았을 때도.

어젯밤, 붙잡기 위해 손을 뻗었을 때도.

무라오 사키.

서글서글한 구석이 있고, 도시에서는 위태로운 구석도 있지만, 분명한 자신의 심지를 가진, 한 살 아래의 여자아이.

그녀를 살며시 마음속의 천칭에 올려봤다.

동생의 친구.

하루키의 친구.

지역 신사의 무녀.

그 밖에도 이것저것 반대편에 올려봤지만 그 어느 것도 균형을 이루지는 못했다.

그저 깨닫게 될 뿐.

사키는 이 도시로 오기 전부터 진즉에 한 사람의, 특별한 여자아이 쪽으로 기울어 버렸다.

탄식을 한 번. 하야토는 머리를 부여잡고 미아가 된 것 같은 목소리로 혼잣말했다.

"앞으로 대체 어떻게 대해야 하는 거냐고……."

후기

히바리유입니다! 정확하게는 어딘가에 있는 마을의 목욕탕, 히바리유의 간판 고양이입니다! 냐—앙!

여기서 만나는 것도 벌써 다섯 번째네요!

전학 미소녀 5권은 어떠셨을까요?

이러니저러니 한쪽 손가락을 채울 정도의 권수를 쌓아 올릴 수 있었습니다.

5권 말인데, 인터넷 연재본에서 대폭 재구성하여 거의 새로이 쓰게 되었습니다.

사키가 도시로 찾아오고, 다음 무대의 막을 열었다는 느낌으로 완성했을까요.

새로운 일상과 러브코미디 성분 가득하게 보내드렸습니다.

러브코미디가 얼마나 어려운지 절실하게 느꼈습니다.

이번에는 존재감이 희박했던 캐릭터들도 다음에는 출연을 늘려주고 싶은 참이네요.

그리고 갑작스럽지만, 이번 스케줄 진행이 무척 빡빡했습니다. 아니, 정말로요. 그야말로 한계였습니다.

제반 사정으로 갑자기 마감이 빨라져서 속도를 우선으로 글자를 내달리고, 한 화가 완성될 때마다 편집자님에게 던지고, 모조리 교정하고, 최종 데드라인까지 제시되고, 거기까지 어떻게든! 그렇게 완전 외줄타기! 히바리, 여유 있는 스케줄, 좋아!

뭐, 하지만 하면 되는 법이군요. 스스로도 놀랐습니다.

다음은 여유가 있기를 바랍니다. (소망)

그렇게 핍박한 스케줄 가운데, 이번에도 플롯에서 벗어나 캐릭터가 멋대로 움직이기 시작한다든지 해서 조마조마하기도. 하지만 그만큼 더욱 좋은 느낌으로 완성되었을까요?

또한 교정 단계에서도 깜짝 놀랄 지적이 있었습니다. 1화, 사키의 아침식사 부분.

그레놀라는 상온에서 보존하니까 냉장고가 아니라 선반 아닌가? 그런 지적이었습니다. 확실히 그 지적 그대로군요.

하지만! 시골에서는! 어디선가 개미가 나타나는데! 그래서 우리 집에서는 설탕도 냉장고에 넣습니다. 그러니까 사키도 냉장고에 넣어둔 것으로 했습니다.

개인적인 일입니다만 세상에나, 우리 집에 냐―앙을 맞이했습니다! 노르웨이숲고양이 남자아이입니다! 무척 크게 자라는 종이지만, 생후 2개월에는 손바닥에 올릴 정도로 작습니다. 성장을 지켜보고 싶습니다.

그건 그렇고 고양이 통조림, 인간 통조림보다 비싼데?

그런데 최근에 모르는 곳에 가본다, 라는 것이 제 안에서의 유행이라. 올해 골든 위크 다음 평일에, 아마노하시다테에 다녀왔습니다.

아침도 이른 시간에 도착하기도 해서, 현지에는 저 혼자. 최고의 사치스러운 기분으로 산책하며 건넜습니다.

그곳에서 가장 기억에 남아 있는 것은, 소나무좀약을 무선조종 헬리콥터로 뿌리니까 통근, 통학하는 사람은 조심하라는 간판. 아, 저건 그런 생활도 있구나, 묘하게 감동하기도.

그리고 겸사겸사 바닷가의 집으로 유명한 이네에 들르기도. 내륙 지방 출신이라 바다를 보면 마음이 설레더군요! 해산물 덮밥도 맛있었어요!

그렇게 아마노하시다테~이네에 가서, 목적지 이외의 장소 중에 묘하게 마음이 끌리는 곳도 있었습니다.

교토 탄고 철도.

귀여운 한 량 편성으로 산이나 해안가의 곳곳에 있는 절경 포인트를 달리는 모습을 봤더니, 저 전철을 타고 여행하는 것도 좋겠다고 생각했죠.

이제까지 전철에 흥미가 전혀 없었던 만큼, 스스로도 놀랐습니다. 기회를 만들어서 타보고 싶네요.

자, 지면도 얼마 남지 않았습니다.

항상 팬레터, 감사합니다.

사실은 저, 팬레터 결핍증이라는 중병에 걸려서, 간행할 때마다 팬레터를 섭취하지 않으면 불안해서 밤에 잠을 잘 수가 없게 되어 버리거든요. 항상 여러분의 팬레터로 살고 있으니까 모쪼록 팍팍 보내주세요.

또한 오야마 키나 선생님의 만화판 1권도 발매 중입니다. 2권도 조만간 슬슬 나오지 않을까요? 이쪽도 잘 부탁드려요!

마지막으로 편집 담당 K님, 다양한 상담이나 제안, 감사합니다. 일러스트 시소 님, 미려한 그림 감사합니다. 저를 지탱해준 모든 사람과, 여기까지 읽어주신 독자 여러분께 진심으로 감사를. 앞으로도 응원해 주신다면 행복할 겁니다.

팬레터는 평소처럼 『냐―앙』만으로도 괜찮아요!

냐―앙!

2022년 7월 히바리유

TENKOSAKI NO SEISOKAREN NA BISHOJO GA, MUKASHI DANSHI TO
OMOTTE ISSHO NI ASONDA OSANANAJIMI DATTAKEN Vol.5
©Hibariyu, Siso 2022
First published in Japan in 2022 by KADOKAWA CORPORATION, Tokyo.
Korean translation rights arranged with KADOKAWA CORPORATION, Tokyo.

전학 간 학교의 청순가련한 미소녀가 옛날에 남자라고 생각해서 같이 놀던 소꿉친구였던 일 5

2023년 9월 15일 1판 1쇄 발행

저　　　자 히바리유
일 러 스 트 시소
옮 긴 이 손종근
발 행 인 유재옥
본 부 장 조병권
담당편집 박치우
편 집 1 팀 김준균 김혜연
편 집 2 팀 정영길 조찬희 박치우 정지원
편 집 3 팀 오준영 이해빈 이소의
편 집 4 팀 전태영 박소연
라이츠담당 김정미 맹미영 이윤서
디 지 털 박상섭 김지연 윤희진
미　　　술 김보라 박민솔
발 행 처 ㈜소미미디어
인쇄제작처 ㈜코리아피앤피
등　　　록 제2015-000008호
주　　　소 서울시 마포구 토정로222, 403호 (신수동, 한국출판콘텐츠센터)
판　　　매 ㈜소미미디어
영　　　업 박종욱
마 케 팅 최원석 박수진 최정연
물　　　류 허석용 백철기
전　　　화 (02)567-3388, Fax (02)322-7665

ISBN 979-11-384-7991-2
ISBN 979-11-384-3377-8 (세트)